ALFAGUARA

ALFAGUARA

© Del texto: 1996 ROY BEROCAY
© De esta edición:
1996, EDICIONES SANTILLANA, SA
Constitución 1889. 11800 Montevideo - Uruguay
Teléfono 4027342
edicion@santillana.com.uy

• Santillana Ediciones Generales, SL
Torrelaguna, 60. 28043 Madrid, España.
• Aguilar, Altea, Taurus, Alfaguara, SA
Leandro N. Alem 720. C1001AAP Buenos Aires, Argentina.
• Santillana de Ediciones SA
Av. Arce 2333, La Paz, Bolivia.
• Aguilar Chilena de Ediciones, Ltda.
Dr. Ariztía 1444, Providencia,
Santiago de Chile, Chile.
• Santillana, SA
Av. Venezuela 276, Asunción, Paraguay.
• Santillana, SA
Av. Primavera 2160, Lima, Perú.

Ilustraciones: DANIEL SOULIER
Diseño de colección: MANUEL ESTRADA

ISBN: 9974-590-63-9

Hecho el depósito que marca la ley.
Impreso en Uruguay. Printed in Uruguay
Primera edición: diciembre de 1996, 3.000 ejemplares.
Segunda edición a décima edición: 16.000 ejemplares.
Décimo primera: junio de 2007, 700 ejemplares.
Décimo segunda: noviembre de 2007, 500 ejemplares.

Pateando lunas

Roy Berocay
Ilustraciones de Daniel Soulier

ÍNDICE

*N*o se puede.

—Pero, ¿por qué?

El padre caminaba alrededor de la habitación, movía la cabeza como si tuviera algún tornillo a punto de aflojarse y miraba a la niña.

—Porque eres una niña.

—¿Y eso qué tiene que ver?

¿Qué tenía que ver? Mayte era una niña, eso era cierto, una niña de nueve años, algo bajita y flaca, pero tenía piernas fuertes.

Eso le decían siempre sus amigos, el cómico Javier que se pasaba todo el día haciendo chistes malísimos o Salvador que siempre parecía tener un *skate* pegado a los pies: "Tenés piernas fuertes, podés jugar, estamos seguros".

Pero para los padres de Mayte el asunto era diferente: ella era una niña, las niñas juegan con muñecas, hacen comiditas, se portan bien, dicen buen día, buenas tardes y todas esas cosas. ¿Cómo iba a ocurrírsele a Mayte que quería ser jugadora de fútbol?

Pero así era.

Las muñecas, medio rotas y despeinadas, terminaban siempre tiradas en el piso de su cuarto. Los vestidos rosados se le manchaban tan rápido que cuando volvía de la calle ya sabía lo que su madre iba a decir.

—Pero, Mayte, ¿estuviste jugando al fútbol?

—No mamá, me trepé a los árboles.

Jugar fútbol, treparse a los árboles, desafiar a Javier o a Salva a jugar carreras, eran cosas que a Mayte le parecían

infinitamente más divertidas que las muñecas.

Ahora su padre seguía caminando
por la habitación y ponía cara de preocu-
pación, esa cara que ponen los adultos
cuando están pensando en decir algo muy
importante.

—Mayte, ya sabés lo que los vecinos
nos comentan casi todos los días. Vienen y
nos dicen: "Ah, su hija es taaaan linda, qué
lástima que se porte así".

—¡Pero, papá! Esas viejas son unas
taradas.

Ésa era otra de las cosas que hacía
enojar muchísimo al papá de Mayte. La niña no sólo quería jugar al fútbol, treparse
a los árboles y correr carreras, sino que
también era bastante bocasucia.

—¿Qué dijiste?

—Nada, nada; es que esas señoras
son muy, muy molestas.

Así las cosas, Mayte se fue a su cuarto y se tiró en la cama.

Por la ventana entraba una luz suave que se partía en rayas al atravesar los visillos.

Las rayas, tan claras, se dibujan en la pared, justo encima de todas esas fotos de grandes jugadores, banderines y también algunos galanes de cine ya que, pese a lo que parecían creer todos, Mayte en definitiva era una niña absolutamente igual que todas.

Mayte miró por un rato las fotos y suspiró. Se sentía aburridísima. Además, también por la ventana se colaban los gritos y las risas de los varones que jugaban en la plaza de enfrente.

¿Por qué no podía jugar así?

¿Quién decía que las niñas no pueden jugar fútbol?

Ésas eran las preguntas que Mayte siempre se hacía. Le gustaba mucho pensar en las cosas. Imaginar un mundo totalmente diferente en el que los grandes campeonatos fueran jugados por mujeres.

¡Qué emocionante sería!

Pero claro, como era muy lista, se daba cuenta de que eso tendría algunas dificultades, por ejemplo, las jugadoras no podían parar el balón con el pecho.

Sonrió.

Ahora se imaginaba el final del partido, el grito de las tribunas llenas y otro problema: ¿qué harían cuando llegara el momento de intercambiar camisetas?

Nunca había pensado en eso. ¿Sería ésa la razón por la que sus padres no querían que fuera jugadora?

Si era eso, pensaba Mayte, no habría problema, después de ganar un partido no cambiaría su camiseta y asunto arreglado.

Si al menos pudiera hablarlo con alguien. Con sus padres era muy difícil. Primero porque el papá trabajaba casi todo el día, y de noche, cuando llegaba cansado, se sentaba a mirar la tele.

Mayte se rió bajito. Recordaba la cara de bobo que ponía su papá cuando miraba la tele. Era como si se fuera muy lejos. Sentado, con los ojos bien abiertos y una cara como de vaca hipnotizada, miraba primero el noticiero y después algunas de esas historias policiales.

—¡Muere, maldito polizonte! ¡No me atraparás con vida!

Y el héroe, generalmente, escondido detrás de una lata de basura, apuntaba su arma y contestaba:

—¡Ríndete, Joe!

A Mayte no le gustaban esas historias, ni tampoco los teleteatros que veía su madre, ésos en los que la heroína resultaba ser la madre de su padre y la hija de su hermano, quien a su vez resultaba ser el tío fallecido muchos años atrás. "¡Oh, Carlos Segismundo! No puedo ser tu esposa porque soy tu abuela".

Lo que sí le gustaba ver eran los partidos y, por suerte, cuando su padre también los veía, podía sentarse y dejarse llevar por la emoción.

—¡Pero, papá, ese gol fue fuera de juego!

—Estuvo bien —protestaba entonces el padre que, como todos los hombres,
creía saber mucho sobre fútbol.

—Estaba en orsay —protestaba
Mayte que seguía concentrada en la pres-
tancia del guardameta, con esos saltos que
se convertían en vuelo cuando venía un
disparo muy fuerte o las corridas de los
punteros del cuadro rival.

—¡Reventalo! —gritaba Mayte a sus
defensores y, como por arte de magia,
¡plum! el veloz puntero terminaba con la
nariz incrustada en el césped.

—¡Bieeeeeen! —aplaudía Mayte y su
padre, enojado, trataba de explicarle que
no estaba bien pegar patadas.

—Pero si seguía nos iba a hacer un
gol —protestaba ella.

—Además, es hora de que estudies.
¿No tenés nada que estudiar?

—¡Ufa!

Y así terminaban casi siempre los partidos: papá 1 — Mayte 0 y encima expulsada del terreno de juego.

Pero ahora, mientras seguía tirada en su cama pensando en todas estas cosas, escuchando las risas de los varones, trataba de imaginarse cuando fuera grande y tuviera que ser igual que su madre.

¡Puaj! El bebé se hacía caca y tenía que limpiarlo. Y además la comida empezaba a quemársele en el horno y justo en ese momento un vendedor llamaba a la puerta.

—Buenas tardes, señora, estoy ofreciendo este maravilloso produc...

La puerta se cerraba de golpe casi en la cara del vendedor, un humo espeso salía de la cocina, la caca del bebé se caía al piso, y...

Mayte miró otra vez las fotos, las rayas de luz. Todavía era temprano, además era domingo. Se levantó y muy apurada fue al armario. Buscó la ropa adecuada y se quitó el vestido.

Apenas minutos después, con un pantalón corto y sus zapatillas, salía hacia la calle con la velocidad de un cohete espacial.

*E*l aire húmedo y primaveral, la plaza repleta de niños, hombres, mujeres y ancianos tomando sol, todo parecía tan divertido ese domingo que a Mayte le daban ganas de correr y seguir corriendo alrededor de los canteros aunque el césped se viera tan triste y amarillo.

Su madre la había dicho que era por la sequía. Hacía como un millón de años que no llovía. Bueno, quizá no un millón, pero sí hacía varios meses y ahora la plaza, que tendría que estar verde, se había puesto amarilla.

Los árboles que parecían agarrar con fuerza las pocas hojas que todavía les quedaban, sacudían lentamente sus brazos largos y torcidos como torpes y viejas bailarinas.

Pero también estaba el sol, un globo de fuego flotando en el espacio y eso era tan agradable, aunque su madre siempre le advertía:

—No tomes mucho sol.

Y después le explicaba que había un agujero allá arriba en la capa de ozono y que los rayos ultravioleta del sol se metían por el agujero y podían ser muy, muy malos para la piel.

Mayte no entendía. El sol siempre había sido un gran amigo, salvo cuando le dejaba la piel demasiado roja y ardiendo. ¿Acaso el sol había cambiado?

Todo eso pensaba Mayte mientras corría. Pero no corría para cualquier parte, sino directamente hacia un gran entrevero de voces y piernas.

Allá en la callecita al costado de la plaza, los varones jugaban fútbol.

—¡Hola!

Javier corría cerca de la acera y trataba de eludir a un gordo alto. Salvador, parado cerca de la meta, lo alentaba y le pedía el pase.

—Pasala, pasala —repetía pero Javier nada. Esquivaba al Gordo una vez y otra. Pisaba la pelota, frenaba, amagaba seguir, volvía para atrás y vuelta a empezar.

Hasta que el Gordo se enojó.

La patada, fuerte y justo al tobillo derecho, dejó a Javier sentado sobre la vereda. Un montón de malas palabras salieron de su boca como si fueran pájaros enojados.

—¿Puedo jugar? —preguntaba Mayte a uno y a otro metiéndose en medio del gran lío que estaba a punto de comenzar.

—¡Te voy a reventar, Gordo Panzón! —gritó Javier, muy enojado.

El Gordo, quien había seguido corriendo con la pelota, frenó de pronto y lo miró.

Como si fuera un toro o un rinoceronte a punto de cargar contra un pobrecito

cazador, el Gordo empezó a caminar: un paso, dos, tres.

—¿Puedo jugar? —repetía Mayte pero nadie escuchaba. Todos miraban la escena que les recordaba a una película de vaqueros, de esas en las que el héroe está herido en el piso y el malvado enemigo avanza hacia él y avanza y avanza.

—¿A quién le decís panzón, flacucho?

El Gordo había llegado. Todos estaban seguros de la gorda que se iba a armar.

Javier, actuando igual que el héroe, se levantó lentamente, puso cara de valiente, miró a su enemigo directo a los ojos. Y salió corriendo.

Decididamente no había actuado como un héroe, pero mientras el enemigo y sus amigos se reían y le gritaban cosas a Javier, Mayte continuaba preguntando a uno y otro:

—Ahora les falta uno. ¿Puedo jugar?

Salvador la miró. Mayte podía ser muy insistente si se lo proponía.

—Si todos están de acuerdo...

—¡Un momento! —dijo el Gordo Enemigo—. Ella no puede jugar.

—¿Ah sí? ¿Y por qué?

—Cómo que por qué, es una niña —dijo el gordo y sus amigos movieron sus cabezas arriba-abajo arriba-abajo, lo que significaba que estaban de acuerdo.

Siempre la misma historia. Mayte estaba realmente enojada.

—Salva dice que puedo y, además, yo juego mucho mejor que vos —protestó Mayte.

El Gordo puso cara de superioridad y la miró. Ella era más baja que él y, claro, era una niña. No había razón para preocuparse.

—El fútbol es cosa de hombres, nena.

—A mí no me digas nena, ¡Gordo Panzón!

Las palabras de Mayte no habrían causado muchos problemas porque el Gordo sabía que los hombres no deben pegarles a las mujeres, pero nadie le había dicho a Mayte que las mujeres no deben pegarles a los hombres.

En efecto, al mismo tiempo que decía pan-zón, Mayte le dio un bonito puntapié en el tobillo.

—¡Y esto es por mi amigo Javier!

El Gordo de pronto olvidó todas sus lecciones y se tiró encima de Mayte.

Pronto intervino Salvador y el enfrentamiento entre los dos cuadros dejó de ser futbolístico.

Mayte, en medio de aquel terremoto, corría de un lado a otro gritando: "¡Bien!, ¡dale a ése!, ¡tomá!".

Pero claro, no era lo que se dice un gran espectáculo. Algunos padres que estaban en la plaza llegaron para separar, mientras algunas señoras que vivían en la misma cuadra que Mayte hablaban entre ellas.

—¿Vieron quién estaba ahí?

—Sí, ésa es la niña de la que te hablé ayer, ¿vieron?

—¿La que anda por los árboles?

—La misma. Deberían darle una buena lección, andar por ahí peleando con los niños, ¡qué vergüenza!

La que más hablaba era una vecina llamada Pola con la que Mayte no se llevaba nada bien.

Doña Pola tendría unos quinientos años o quinientos veinticinco –eso decía siempre Javier–, era soltera, muy entrometida y adivinen qué: era la que siempre le iba con el cuento a la madre de Mayte.

Con la ropa llena de tierra, los pelos todos revueltos y la nariz sucia, Mayte esperó a que terminara la pelea.

Algunos padres se llevaron a sus pequeños imitadores de Mike Tison, otros recomendaron a los suyos que si no podían jugar tranquilos, entonces que sería mejor que no jugaran.

Pero al final todo volvió a la normalidad.

Algunos dijeron de volver a empezar el partido. Ésa era la oportunidad que Mayte esperaba.

—¿Entonces puedo jugar?

El Gordo, que tenía un cómico moretón en un cachete, dijo que no, otra vez dijo que no. Esta vez sus amigos movieron las cabezas para un costado y otro.

—Dejalos —intervino Salvador—. Es que tienen miedo.

—¿Miedo nosotros? Si hasta íbamos ganando.

—Porque hiciste trampa.

—¿A quién le decís tramposo?

El asunto estaba a punto de volver a empezar, pero no llegó a más porque una cierta señora había cruzado la calle hasta una cierta casa donde le había contado a una cierta madre acerca de los líos ocasionados por una cierta niña.

—¡Mayte!

La voz de la cierta madre sonaba enojada. Mayte se hizo la sorda.

—¡Mayte!

—Creo que te llaman —le dijo Salva.

Adiós, emocionante partido de fútbol, pensó Mayte tratando de quitarse un poco de tierra de la ropa. ¡Ahora sí que la había hecho! Imaginaba el castigo que le impondría su madre.

Seguramente el castigo sería cruel, inhumano, quizá hasta la obligara a ordenar su cuarto.

El terrible castigo

Lo que tanto temía, ocurrió.

Primero la madre le hizo todo un largo discurso acerca de cómo deben comportarse las niñas. Su boca se movía rapidísimo y las palabras salían corriendo y parecían chocarse entre ellas.

Mayte imaginó que las palabras eran un montón de diminutos autos en una larga ruta. Todos los autos iban aceleradísimos hasta que ¡plaf! el primer auto frenaba de golpe.

Los que venían detrás, llevando palabras como "señorita" o "portarse bien", se topaban con "obediencia", mientras los otros, que continuaban llegando, chocaban a su vez hasta que todos terminaban formando una alta pila de autos-palabras de la que salía un humo espeso. La imagen le pareció muy divertida.

—¿De qué te reís? —preguntó la madre al ver que su discurso, tan serio y educativo, no hacía mucho efecto.

—¿Eh?

Mayte se había entretenido con los autos-palabras olvidándose de una cosa sumamente importante: nada molesta más a un adulto que no ser escuchado cuando dice Grandes Cosas.

Así fue como el temido y cruel castigo finalmente llegó.

Mayte pensó que debería escribir una carta a las Naciones Unidas para quejarse o para que agregaran en la famosa Carta de los Derechos del Niño algo que dijera:

"Los niños tienen derecho a no ordenar su cuarto".

Pero al rato, cuando hacía rollos con su ropa y los tiraba dentro de un armario, pensó que la carta no sería una buena idea: sin duda había muchísimos niños que no tenían un cuarto o una casa, ni ropa, ni juguetes que dejar tirados en el piso.

—Cuando sea una jugadora y gane muchísima plata voy a comprar cuartos para todos —pensó mientras agarraba una muñeca por los pies y la tiraba en un cajón de madera como si fuera una pelota de básquet.

—¡Doble!

Bueno, casi doble. La muñeca había pegado primero en la pared y después en el borde del cajón. Apenas le había errado por un tanto así.

Durante una larga hora Mayte se dedicó a aquellas tareas desagradables y ahora, mientras la luz en la ventana comenzaba a cambiar de color, Mayte miraba hacia afuera.

Le gustaba mucho ese momento del día: el color sepia que los últimos rayos del sol pintaban en los techos; la gente en la plaza que emprendía el regreso a casa; los niños que se quejaban porque querían quedarse un rato más.

Y claro, también le gustaba el color de los árboles semipelados o el brillo opaco de los automóviles azules, rojos, blancos, que pasaban por la avenida y encendían pequeños ojos de luz avisando que la noche llegaba.

Y la noche llegó.

Un cielo suave, lleno de diminutas manchas amarillas, se extendía encima de la ciudad. La luna llena aparecía detrás de un edificio y rodaba lentamente por el espacio azul, oscuro y mágico. Mayte suspiró, aunque no sabía por qué. ¿Sería por eso que los adultos actuaban a veces de un modo extraño? ¿Sería por eso que esos mismos adultos decían una y otra vez: ah, la primavera?

A lo mejor la primavera cambiaba algo dentro de las personas.

Cerró los ojos y respiró profundamente.

Sí, sentía algo suave y dulzón que le hacía cosquillas por dentro. Unas ganas de salir corriendo a la calle, saltar, gritar y reírse bien fuerte o treparse a los árboles y decirles a todos lo que acababa de descubrir:

—¡Es la primavera! ¡Nos hace cambiar! ¡La primavera! —se imaginaba gritando sacudiendo las ramas de los árboles.

Entonces la gente, que siempre andaba tan apurada, miraría hacia arriba, vería los árboles, las estrellas, la luna rodante y también suspiraría.

—¡Ah!

—¡Ah!

—¡Mayte!

—Es la prim...

—¡Mayte! —la voz de su madre no sonaba muy primaveral que digamos.

—¿Qué?

—Vamos a comer.

Mayte bajó las escaleras corriendo, pues a veces el castigo inhumano le daba muchísima hambre. Era una lástima que no se pudiera cenar caramelos o chocolates.

¿Qué habría cocinado su madre?

Mayte pensaba que algunas de las cosas que hacía su madre tenían un gusto como a sopa de patas de rinoceronte o guiso de murciélago tuerto.

De todos modos nunca se lo decía porque ella siempre estaba quejándose del enooooooorme trabajo que le había dado hacer esa comida.

Se sentó a la mesa, se tuvo que levantar para lavarse las manos, se las lavó y volvió a sentarse a la mesa.

Su padre leía un periódico y movía la cabeza para un lado y otro.

—La sequía es terrible —decía—. Miles de animales están muriendo en el campo.

"Pobres animales", pensaba Mayte y se los imaginaba arrastrándose por el famoso desierto de Sara, viendo en el horizonte un puesto de refrescos al que nunca lograban llegar.

La madre salió de la cocina y le trajo un plato hondo y humeante.

Mayte regresó del desierto y miró el plato: tenía un líquido medio verduzco dentro y unas cosas blancas y blandas que flotaban en la superficie.

—¿Qué es? —preguntó poniendo cara de asco.

—Sopa con fideos.

¡Sopa con fideos! El castigo no tenía límites.

—Dale, no seas payasa, comé todo que estás muy flaca —le dijo el padre.

—Pero si tengo las piernas fuertes —protestó ella.

Nada. No había manera de convencerlos. Y, claro, todo por culpa de doña Pola, esa vieja chismosa. Tenía que haber alguna manera de darle una buena lección.

Tomó la primera cucharada.

Sí, de darle un escar, escar, no se acordaba de la palabra.

—Papá, ¿cómo se dice cuando a alguien le dan su merecido? Es algo que empieza con escar.

—Escarmiento.

Sí, eso era, tendría que hablar con Salva y Javier, pensar un grandioso plan para darle un escarmiento a la vieja entrometida.

Pero ahora tenía algo más importante en qué pensar: la sopa de rinoceronte con fideos.

Sonrió.

Se imaginó a su madre dentro de la cocina, atando un rinoceronte con largos fideos y metiéndolo en una olla gigantesca.

El pobre rinoceronte comenzaba a sudar y sudar.

—¡Mayte!

Otra vez la realidad. El rinoceronte había escapado y ahora, casi sin darse cuenta, había terminado su sopa. ¡Y no había protestado ni una sola vez!

Fue entonces que el papá lo dijo. Fue sólo como un comentario normal, como si hubiese dicho qué linda noche o pasame la sal.

Pero no, nada de eso, su padre había dicho algo mucho más terrible.

—Dentro de un rato vamos a visitar a los tíos, así vas a poder pasar un rato jugando con tu prima Esther.

—Sí —dijo la madre—. A ver si se te pega algo. Esther sí que se porta bien.

¡Aghhhh! Mayte se imaginó en medio de una batalla entre vaqueros e indios. Ella había estado avanzando al frente de las tropas de indios para atacar el fuerte y justo entonces ¡aghhh! un disparo a traición y ella caía desde su caballo y justo encima de una planta con espinas.

Ése era, más o menos, el efecto que le había producido la noticia.

¿Es que nunca habría piedad para la pobre niña?

Esther, la prima Esther, era la niña perfecta, la que nunca se ensuciaba, ni decía malas palabras, la que obedecía en todo y se sacaba las mejores notas en el colegio.

¡Aghhhh!

—Por lo menos te vas a divertir un rato —dijo el padre.

La insoportable prima Esther

*L*a casa de Esther quedaba sólo a cinco cuadras y ahora Mayte y sus padres caminaban al costado de una callecita de empedrado.

Las casas antiguas, iluminadas algunas con viejos faroles de hierro colgados frente a sus puertas, le parecían a Mayte como escapadas de otro tiempo.

¡Pensar que todavía había calles así en la ciudad donde los edificios crecían como hongos después de una fuerte lluvia!

Los edificios siempre le parecían a Mayte unos gigantes bobos que se levantaban y asomaban sus cabezas encima de las pequeñas casas.

Mayte miró hacia arriba. Allí, muy cerca, se podían ver algunos gigantes. Tenían miles de ojos cuadrados de los que salía una luz chiquita y dentro, escondidos detrás de los ojos cuadrados, miles y miles de personas vivían en cajas de cemento.

—Papá, ¿por qué la gente vive en edificios?

—No sé, supongo que cada uno vive donde puede, nosotros tenemos una casa muy vieja y no podemos comprar un apartamento, pero si pudiera...

Terror. Pánico. El mundo temblaba. Mayte se imaginaba mudándose de su vieja casa, en la que el sol entraba por las ventanas y en la que bastaba con abrir la puerta para estar en la calle, a un edificio lleno de ojos y ascensores y personas.

—¡Pero, papá! En un edificio demoraría como una hora para salir a jugar.

El padre la miró y sonrió. Estaba de buen humor. ¿Sería por la primavera?

Mayte pensó que, a lo mejor, era un buen momento para volver a hablar del asunto del fútbol.

Estaba a punto de decir algo cuando su madre dio la mala noticia:

—¡Llegamos!

La casa, nueva y de ladrillos, parecía el escenario de un teatro: llena de luces y cortinados y colores rojos y negros y rejas recién pintadas.

—Algún día... —comenzó a decir la mamá, pero se calló porque ya la tía abría la puerta.

Besos y más besos. Besos pegajosos y un par de pellizcos en los cachetes.

—¡Mayte, qué grande que estás!

—Sí, tía.

Y allí, sentada en un sillón, con un vestido lleno de encajes, el pelo rubio y enrulado, la sonrisa de muñeca de plástico, estaba la prima Esther.

—Esther, ¿por qué no llevas a la prima Mayte a tu cuarto?, así pueden jugar tranquilas —dijo el tío.

—Sí papá.

Mayte y Esther se saludaron y después anduvieron por un pasillo de baldosas rojas y lustradas hasta llegar al cuarto.

Entraron.

Todo estaba tan ordenado y limpio, que Mayte no lograba imaginarse a qué podrían jugar.

La cama, ancha y de madera, tenía un acolchado rosado con volados rococó. En las paredes se veía a decenas de personajes de cuentos infantiles. El piso, también de madera, no parecía tener ni una manchita.

Mayte no sabía qué hacer. Siempre que iba allí le sucedía lo mismo. Le daba no sé qué moverse, sentía que aquel cuarto era un lugar sólo para ser mirado, un lugar en el que se debía entrar en silencio y en puntas de pie, como se entra en un museo lleno de objetos delicados.

Esther abrió una puerta del armario y sacó una, dos, tres muñecas, todas con vestidos rosados.

—Bien, vamos a jugar a las mamás. ¿Te parece?

Mayte se encogió de hombros y tomó una de las muñecas, que parecía un bebé de verdad.

—¿Y ahora qué hago?

—Tenés que hacerlo dormir.

Bien, eso era fácil. Mayte comenzó a sacudir al bebé y a cantarle fuerte un arrorró.

Pero el bebé no se dormía porque era uno de esos muñecos que no cierran los ojos.

—Es imposible. Este bebé tiene una enfermedad extraña. Se la pegó en el África —explicó Mayte—. Fue cuando fuimos a cazar rinocerontes, había una invasión de moscas verdes, seguro que lo picaron y ahora tiene la enfermedad del despierto.

—Eso es una bobada —protestó Esther que ya había acostado a las otras dos muñecas.

—No, en serio —a Mayte comenzaba a gustarle el juego—. Además, mirá ¡se cagó todo!

Esther puso cara de asco.

—Pero si sólo es un muñeco, no puede estar enfermo ni ca... ni hacerse caca.

—¿Ah no? ¿Y entonces qué es ese olor? ¿No lo sentís?

—No huelo nada.

—Eso es porque no te esforzás. Hacé la prueba —aquello se ponía más divertido—. ¡Puf, qué olor!

—Bueno, un poco se siente —dijo Esther que ya estaba casi convencida.

—Sí, pero no tenemos tiempo para cambiarle la caca. ¡Rápido, al armario, que ahí llegan los malvados cazadores!

Mayte comenzó a correr por el cuarto y luego abrió la puerta del armario y se escondió dentro.

—¡Rápido, Esther! Si te agarran los cazadores quién sabe lo que pueden hacer.

—¡Sí, sí! Esther tomó a sus dos muñecas y corrió hacia el armario, pero cuando estaba a punto de llegar, Mayte abrió la puerta de golpe y saltó hacia afuera.

—¡Ahhhh!

—¡AHHHH!

Mayte había saltado poniendo cara de fantasma, pero Esther se había asustado tanto que había pegado un verdadero grito de terror y ahora, la muy boba, lloraba.

—Siempre lo mismo contigo, nunca se puede jugar tranquila.

Mayte intentó defenderse.

—¡Estábamos jugando a los cazadores!

—No, estábamos jugando a las madres.

—¡A los cazadores!

—¡Las madres!

—¡Cazadores!

—¡Madres!

—¡Llorona!

Esther se ofendió en serio. Dio media vuelta, caminó hasta su cama, se acomodó el pelo largo y enrulado y después cometió un gravísimo error:

—Lo que pasa es que me tenés envidia —dijo con tono de teleteatro.

Mayte tomó su bebé –el que tenía la enfermedad del despierto y se había hecho caca– y se lo tiró por la cabeza.

Y así fue como llegaron los cazadores. Atraídos por los gritos entraron en el cuarto rápidamente, sin dar tiempo a que Mayte corriera a ocultarse en el armario. Los cazadores, que eran muy parecidos a su madre, su padre, su tía y su tío, ocupaban ahora el lugar y le apuntaban con sus dedos largos.

—¡Me rindo! —dijo Mayte levantando los brazos. Pero su madre la tomó de una mano y la sacó de la habitación casi en el aire.

—¿Es que nunca vas a poder portarte bien?

—Pero mamá, yo sólo...

—Sí, ya sé, siempre es la misma historia.

Un rato después caminaban de regreso a la casa. La prima Esther, otra vez peinada y con esa sonrisa de plástico, se había quedado en la puerta cuando salieron.

—¡Madres! —gritó cuando Mayte se hubo alejado algunos pasos.

—¡Cazadores! —contestó Mayte mientras su madre le daba un pellizcón.

Un enjambre de niños corría y saltaba en el patio de la escuela. Sus blancos guardapolvos parecían pequeñas nubes movedizas deslizándose sobre el cielo de baldosas amarillas.

Algunos jugaban fútbol, otros saltaban a la cuerda, pero más allá, en un rincón y ajenos a todo, algunos niños llevaban a cabo una reunión importante.

—Tenemos que hacer algo —decía Mayte a Salvador, Javier y los otros.

Todos asentían.

—Esa vieja maldita siempre me arruina la vida; mi papá dijo que tenemos que darle un escarmiento.

—¿En serio dijo eso? —preguntó Javier asombrado.

—Sí, yo misma le pregunté —aseguró Mayte—. Pero no se me ocurre qué podemos hacer.

—Podemos darle un susto —dijo Salvador.

—Sí, disfrazarnos de monstruos y hacerle ruidos por la noche —agregó Javier.

A Mayte le gustaba la idea. Se imaginaba la cara de doña Pola asomada en la ventana gritando ¡socorro! con su voz aguda.

—Pero no podemos salir de noche —dijo finalmente—. Mis padres dicen que es muy peligroso.

Salva y Javier tenían el mismo problema.

—¡Un momento! Tengo otra idea —se alegró Mayte—. Y es algo que podemos hacer de día.

Todos se acercaron a escuchar el plan maestro. Era bastante bueno. Algunos rieron imaginando la cara que pondría doña Pola cuando lo llevaran a cabo. Pero ésa no sería la única cosa memorable que ocurriría en el recreo del lunes, porque, más allá, en el otro extremo del patio, el Gordo Enemigo y sus cómplices tenían también una reunión.

Si se miraba de afuera, se podía ver al Gordo parado en medio del grupo, moviendo sus brazos en el aire como si intentara volar. Su boca se abría y cerraba también muy rápidamente.

—¿Viste al Gordo? —preguntó Salva señalando la otra reunión.

Todos miraron.

—Seguro que están tramando algo —dijo Javier quien prefería no recordar la tarde anterior cuando se había portado tan poco valientemente.

—¡Miren, vienen para acá! —avisó alguien.

En efecto, con el Gordo a la cabeza y los demás caminando detrás, la pandilla enemiga avanzaba por el patio. Los que jugaban fútbol se detuvieron. Las niñas que saltaban a la cuerda erraron sus pasos. Todo el patio pareció detenerse.

La pandilla enemiga avanzaba por un callejón formado por niños que se hacían a los costados y comentaban en voz baja.

Del otro lado, la pandilla de Mayte se ponía en posición de esperar. Algunos, como Salvador, ponían las manos en sus cinturas y trataban de poner caras de tranquilidad.

—¿Qué querrán éstos? —preguntaba Mayte.

Las maestras, que ocupaban el tiempo del recreo en conversar entre ellas y criticar a la directora, no se habían dado cuenta.

Mayte veía la escena y ya le parecía que el Gordo y los suyos vestían de negro y llevaban lentes oscuros y unas armas metálicas que reflejaban la luz.

Imaginó su propio grupo vestido con unos limpios uniformes azules y gorras de policía.

—¡Son los mafiosos! ¡Estén alertas! —dijo.

La pandilla enemiga llegó y se alineó frente a ellos.

—¿Qué querés Gordo Truhán? —preguntó Mayte, quien había escuchado esa palabra en una serie de la tele.

—Venimos a desafiarlos.

La cosa se estaba poniendo buena. Pero Mayte pensó que si el desafío era volver a pelear se metería en más problemas y pasaría toda su vida ordenando el cuarto.

—¿Qué clase de desafío? —preguntó Salva.

—Queremos jugarles un partido —dijo el Gordo que procuraba poner voz de malo.

—Pero si ya jugamos ayer.

—Sí, pero queremos un partido de verdad, en la cancha del club, con camisetas y árbitros y público.

—¡Fantástico! —exclamó Mayte.

—Vos callate. La cosa no es con las mujeres —dijo el Gordo.

Salvador y Javier pensaban; los demás miraban seriamente al enemigo.

—Aceptamos, pero con una condición.

—A ver.

—Que juegue Mayte.

—¡Sí! —Mayte pegó un salto de un metro en su lugar.

—¡Pero es una niña!

—Justamente —dijo Salva—. ¿O es que tienen miedo de jugar contra una niña?

A Mayte el comentario le había parecido medio machista, pero se dio cuenta de que Salva lo hacía para obligar a los otros a aceptar.

—¿Miedo nosotros? Les vamos a hacer cinco goles, con o sin niña —prepoteó el

Gordo y todos sus secuaces dijeron: "Siiií, siiií".

Entonces sonó el timbre. El recreo había terminado.

¡Mayte estaba feliz! El partido había sido fijado para el próximo domingo. Ahora tendrían que conseguir camisetas, practicar y, principalmente, convencer a sus padres.

Pero, además del partido, estaba el maravilloso plan de venganza contra doña Pola.

—¡Qué semana nos espera! —se dijo Mayte sonriendo cuando entró a clase y se ubicó en su asiento.

Un momento de magia

a noche del lunes era igual que todas las otras. Mayte, sentada en el piso, se entretenía dibujando jugadores de fútbol y grupos de cazadores que perseguían a doña Pola por la jungla. Este último dibujo le había quedado bastante bien. La Vieja Entrometida en persona aparecía atada a un largo palo que los cazadores cargaban sobre los hombros.

Mayte miró el dibujo y sonrió. Ya se imaginaba la lección que darían a doña Pola cuando el martes comenzaran con su plan de escarmiento.

Pero la noche del lunes era igual que todas las otras y eso significaba que su padre, sentado en el sillón de siempre, miraba televisión junto a su madre.

Ya habían cenado y Mayte, quien había estado muy callada, había preferido no hablar acerca del gran desafío de la pandilla del Gordo.

Sabía que era mejor esperar un buen momento pues su padre siempre llegaba muy cansado del trabajo y con pocas ganas de hablar.

Pero ahora, desde su lugar en el piso de madera, Mayte lo miró y creyó que tal vez sería un buen momento.

El padre, quieto como una estatua, apenas parpadeaba y seguía las alternativas de una serie policial.

Esta vez un sargento negro, muy enojado, golpeaba con su puño encima de un escritorio y les gritaba a tres muchachos que trabajaban para él.

—¡Otra vez se les escapó!

Los muchachos bajaban la vista como si estuvieran muy apenados.

Sí, ése podía ser un buen momento para hablar.

—Papá, yo...

—Shhh —chistó la madre.

—Pero mamá, yo.

—Esperá un poco, ¿no ves que estamos mirando?

—Pero...

—¡Mayte!, ¿es que no podés esperar que llegue la tanda? —su padre parecía muy molesto.

Mayte se encogió de hombros y volvió a sus papeles de dibujo. Tomó un lápiz y empezó a trazar una línea y otra y otra hasta que terminó por hacer un enorme televisor dentro del cual vivían, como en una casa, muchas personas.

Pero el volumen del aparato aumentó anunciando que la esperada tanda comercial había comenzado.

—Papá, ¿te parece que...

—¡APROVECHE NUESTRAS GRANDES OFERTAS!

—...el próximo domingo...

—¡BLURB! ¡EL REFRESCO QUE ACABARÁ CON SU SED!

—...pueda ir al club con...

—¡INGRESE AL MUNDO DE LOS QUE SABEN: TENGA UN XPLO MODE-LO 3000!

—...Salva y Javier para jugar...

—CONTINUAMOS PRESENTA-DO: ¡EL MAYORDOMO ASESINO!

—... al fútbol?

—¿Qué dijiste? —preguntó el padre sin dejar de mirar la pantalla en la que ahora se veía un gran alboroto, con autos, sirenas y personas que corrían por todas partes.

—Que si puedo jugar al fútbol el domingo.

Pero Mayte comprendió que su padre no estaba escuchando. Ahora había un tiroteo y el sonido de las balas, ping, ping, rebotaba en las paredes de la pantalla.

Y de pronto sucedió.

Fue así, sin un solo ruido y sin ningún aviso previo. Sencillamente ocurrió: la luz se fue, la pantalla se apagó, todo quedó oscuro.

El padre preguntó algo y la madre, una sombra que se movía en el sillón, le contestó:

—Es por la sequía. Ya habían anunciado que podría ocurrir.

Mayte, en medio de la oscuridad, se imaginaba flotando en el espacio. A su alrededor no había nada de nada, sólo ese hermoso silencio y esa negrura que convertía los muebles en sombras de raras formas.

—¿Y qué es lo que podía ocurrir? —preguntó Mayte en mitad de su caminata espacial.

—El apagón. Dijeron que si no llueve las represas no pueden funcionar bien —contestó la madre que se iluminaba con un encendedor y buscaba algunas velas en un cajón.

La madre encendió una vela y la colocó encima de un plato.

Era maravilloso.

La habitación se inundaba con una luz suave que parecía acariciar los objetos como si tratara de darles una forma distinta.

Y también estaba el silencio, ese silencio de algodón, que dejaba entrar por la ventana los sonidos de la calle.

Mayte miró a su padre. Su cara, iluminada ahora por las velas, parecía de pronto más simpática y descansada.

Era la cara que a veces tenía los domingos o durante las vacaciones cuando iban a la playa.

—Y bien —dijo el padre como si acabara de llegar—. ¿Cómo te fue hoy en la escuela?

—Oh, muy bien, tuvimos que hacer una redacción sobre la lluvia. Me quedó bastante buena.

—Ah, qué bien, después la quiero leer —dijo y le acarició la cabeza como solía hacer cuando ella era más pequeña—. ¿Qué tal si vamos afuera?

Salieron a la vereda. En las otras casas también se asomaban los vecinos. Algunos, reunidos en grupos, hacían gestos y hablaban.

El padre, tomando a Mayte de una mano, respiró hondo. El aire era cálido y llegaba en caricias desde la plaza.

—Mirá —dijo el padre señalando el cielo.

Mayte miró haca arriba. Nunca había visto un cielo así tan nítido, tan lleno de estrellas.

La luna, enorme y pálida, parecía un globo de cumpleaños. Sin saber por qué Mayte miró a la luna y suspiró.

La madre, en silencio junto a ellos, también la miraba y parecía estar pensando en alguna otra cosa, algo sucedido mucho, mucho tiempo atrás.

—¿Te acordás? —preguntó al padre y éste movió la cabeza y sonrió.

"Es fantástico", pensó Mayte.

Los autos, con los ojos encendidos como panteras, avanzaban despacio por el asfalto y aquí y allá se escuchaba la charla de los vecinos.

Pero de pronto todo terminó.

Las ventanas se encendieron todas al mismo tiempo, como si alguien hubiera dibujado decenas de cuadrados de luz. Algunos vecinos aplaudieron.

Mayte miró al cielo nuevamente, pero ahora el resplandor de los focos de la plaza, la avenida, los patios de las casas, opacaba las estrellas.

—Bueno, vamos —dijeron los padres.

Todos entraron y volvieron a sus posiciones.

—¡Tienes derecho a permanecer callado, maldita rata, todo lo que digas puede ser usado en tu contra! —era la tele otra vez.

Mayte abrió y cerró los ojos un par de veces pues la luz le parecía demasiado brillante, como si un sol enano se hubiese encendido en la habitación.

—Bueno... —dijo su padre y volvió a concentrarse en la pantalla.

—¡Qué suerte! —dijo su madre, aunque no muy convencida—. Habían dicho que podía durar una hora.

Mayte sabía que la luz eléctrica era una cosa buena y útil. Iba a decir algo pero se detuvo.

La madre sopló las velas y Mayte observó cómo un delgado hilo de humo subía hasta chocar con el cielorraso.

Pensó en volver a mencionar lo del domingo.

Ya se imaginaba ingresando a la cancha con una bonita camiseta a rayas blancas y negras y todo el público aplaudiendo. Del otro lado del terreno el cuadro del Gordo Enemigo practicaba tiros al arco.

El público gritaba y saltaba; algunos niños, como en una explosión de mariposas, arrojaban nubes de papel picado al aire. ¡May-te! ¡May-te! El público sabía que todo dependería de ella.

¿Sería capaz de mantener su promedio de cuatro goles por partido? "Bueno, ¿qué tal dos goles por partido?", pensó Mayte bajando el promedio.

El árbitro, negro como un cuervo, estaba ya en la mitad del terreno y llamaba a los capitanes. Salva y el Gordo Enemigo se daban la mano pero se miraban enojados.

—Papá, tengo que pedirte algo —dijo Mayte como si despertara de un sueño.

—Sí, después —contestó su padre.

—¡VISITE NUESTRAS GALERÍAS! —agregó a su vez el televisor.

Mayte tomó su lápiz y volvió a trazar una rayas larguísimas de un extremo de la hoja a otro.

—Mamá.

—¿Sí?

—¿Estás segura de que hoy no habrá más apagones?

—Sí, Mayte, por suerte fue el único.

—Ah.

Dibujó una cancha de fútbol y un árbitro con cara de pájaro y trató de imaginarse cómo se vería aquello bajo la suave luz de las velas.

Cerró los ojos un instante y pensó en la luna.

Mayte descubre América

El martes hacía muchísimo calor. Los rayos del sol caían como baldazos de luz sobre el patio de la escuela donde los niños intentaban ocultarse a la sombra.

Hacía demasiado calor para esa época del año y Mayte, abanicándose con un cuaderno, creía que aquello tenía que ver con la sequía que tanto preocupaba a sus padres.

Esta vez el timbre que anunciaba el fin del recreo no levantó las protestas de siempre ya que, pese al trabajo que seguramente les impondrían las maestras, los niños al menos podrían entrar a los salones donde el aire era mucho más fresco. Mayte entró en su clase y se sentó en su lugar, cerca del fondo. Acomodó su cuaderno y esperó.

La maestra ya estaba de pie al frente del pizarrón en el que había escrito con letras grandes y redondas, como las que siempre hacen, una fecha y un título.

Mayte sabía que eso significaba una sola cosa: trabajo.

Ya adivinaba el motivo de la clase, pues estaban cerca del 12 de Octubre. Pero todavía sentía mucho calor y se imaginó a bordo de un buque de velas.

El viento marino era agradable y tibio. Había pocas olas y el barco se sacudía con suavidad. Pero no todo era tranquilo. A bordo, había un creciente murmullo. En todas partes los marinos formaban grupos y discutían.

—¡Izad las velas! ¡Preparad la comida! —Mayte, vestida de comandante, dio la orden a la tripulación, pero nadie le hizo caso.

Detrás de su barco, venían también otros dos. Mayte podía ver las velas grandes y blancas hincharse como enormes barrigas.

Volvió a dar las órdenes, pero de pronto se vio rodeada por un montón de tipos con caras siniestras.

—¡Comandante Mayte, nos vamos a caer del mundo! —dijo uno que tenía un parche sobre un ojo.

—¡Sí, y vamos a caer en un lugar lleno de monstruos horribles! —dijo otro que tenía un gancho en vez de mano.

—¡Yo extraño a mi mamá! —se quejó un tercero que tenía una pata de palo y una enorme cicatriz en la cara.

Todos la miraban amenazantes, pero la Comandante Mayte se mantuvo en calma y les preguntó:

—¿Saben qué día es hoy?

—Claro, es 12 de Octubre —dijeron todos.

—Bueno, entonces no se preocupen, ¿no saben que hoy tenemos que descubrir América?

Eso los dejó más tranquilos.

Y así fue. Un marinero gordito, que comía maní y tiraba las cáscaras hacia abajo, empezó a gritar desde su puesto de vigía:

—¡Tierra! ¡Tierra!

Todos corrieron a mirar esa línea finita que se veía cerca del horizonte.

La maestra interrumpió y les pidió que escribieran una redacción sobre el descubrimiento, pero Mayte no la escuchaba.

De pronto se imaginó del otro lado de la escena, en medio de un montón de indígenas que vivían en un pueblito de chozas.

Todos habían salido al escuchar que el vigía indio gritaba desde arriba de una palmera:

—¡Veo tres calaveras enormes flotando en el agua!

¡Tres calaveras enormes! Los indios se imaginaron que se trataba de algo terrorífico y corrieron para todos lados, gritando de miedo.

—¡Calaveras! ¡calaveras!

Algunos se tiraron de cabeza entre los arbustos, otros cerraron las puertas de sus chozas y se asomaron con temor por unos pequeños agujeros.

El vigilante indio, al ver todo ese alboroto, pensó un rato y después gritó:

—¡Perdón! Ser un error, querer decir carabelas no calaveras. Tres carabelas.

Ah. Eso era distinto. Los indios salieron de sus escondites. El Jefe brujo les recordó que era 12 de Octubre. Entonces todos recordaron que ese día tenía que llegar un tipo llamado Colón y corrieron a la playa.

Mayte, entreverada entre la multitud, también corrió y vio que las carabelas habían anclado ahí, muy cerca. Todos vieron un bote en el que venían unas personas muy extrañas.

Cuando los del bote llegaron a la playa, los indios realmente quedaron asombrados: nunca habían visto hombres con minifaldas y medias tipo cancán.

—Éstos ser un poco raritos —dijo el Jefe indio.

—No, tal vez ésa ser nueva moda —comentó otro indio.

Colón caminó por la playa y los indios escucharon que le decía a su acompañante:

—¡Oye! ¿Estás seguro de que éstas son Las Indias?

—No, comandante, éstos son los indios, las indias son aquellas que tienen tetas.

—Ah —dijo Colón acercándose a hablar con ellos.

—¡Hola! —saludó el jefe indio—. ¿Qué tal el viaje?

—Bien, gracias, vine para descubrirlos.

Todos los indios saltaron de alegría. Ésa sí que era una gran noticia. Todo ese tiempo viviendo solitos y ahora, por fin, los descubrían.

Pero el Jefe indio dudaba un poco.

—Un momento. Si nosotros estar aquí desde antes, eso querer decir que nosotros descubrirnos primero.

Colón, algo confundido, consultó con sus asistentes.

Después volvió y les explicó a los indios que era cierto que ellos ya se habían descubierto antes, pero que ahora él los descubría para España.

—¡Los descubro más que antes! —dijo Colón y levantó una espada.

Los indios no se quedaron atrás.

—Y nosotros los descubrimos a ustedes —dijo el Jefe y levantó una lanza.

El asistente de Colón se acercó y le habló bajito:

—Pregúnteles si tienen oro.

—¿Tienen oro? —preguntó Colón.

Los indios se miraron.

—No, sólo tener bananas, pero cambiar bananas por dólares...

—¡Mayte!

Colón preguntó a su asistente pero fue inútil, el dólar no se había inventado todavía y además...

—¡Mayte! —la voz de la maestra, parada al lado de su escritorio, la trajo rápidamente de regreso a la escuela.

Mayte vio frente a sí una hermosa hoja en blanco.

¡La redacción!

—¡Siempre distraída! —la maestra parecía bastante enojada, hacía un buen rato que todos los demás escribían.

Mayte, tomó su lápiz y comenzó rápidamente a escribir el título: "Colón y las tres Calaveras".

Pero la maestra lo vio y la obligó a corregirlo sin dar tiempo a Mayte a que le explicara.

Esa tarde, cuando caminaban desde la escuela de regreso a casa, contó a Salvador y a Javier lo que había imaginado.

Pero sus amigos estaban más interesados en otra cosa que Mayte casi había olvidado: hoy era el día en que darían una gran lección a doña Pola.

—¡Es cierto! Casi lo olvido —dijo Mayte riéndose al pensar, de nuevo, en el lío que se podía armar.

*M*ayte llegó a su casa y saludó a su madre que estaba en la cocina mezclando harina. Cuando le dio un beso, su nariz quedó blanca.

Las dos rieron, pero Mayte, con la imagen de doña Pola todavía en la mente, pensó que no tenía tiempo que perder y corrió a su cuarto para cambiarse.

Minutos después salió corriendo.

—¡Voy a jugar! —anunció desde la puerta.

—¿No tenés que estudiar? —preguntó la madre sin recibir otra respuesta que un sonoro portazo.

Ahora hacía menos calor y, por primera vez en mucho tiempo, se podía oler en el aire el pegajoso aroma de la humedad.

En la plaza algunos niños corrían encima de los canteros y levantaban nubes de polvo. Más allá, sentado en un banco de madera estaba el objetivo Número Uno del plan.

En efecto, doña Pola y dos de sus amigas, doña Concepción y otra señora viejísima a la que todos llamaban Nena, conversaban animadamente.

Mayte las vio. Ya podía imaginarse de qué hablaban. Estaban así todo el día dale que te dale sobre la vida de fulanito o el vestido que se había puesto la muchacha de la casa de la esquina, esa que siempre andaba con un muchacho diferente.

Mayte trató de recordar cuántas veces había sido castigada por culpa de ellas. Una vez la habían acusado de romper un vidrio. Otra vez le habían contado a su madre que ella le había dado un beso a un niño de la otra cuadra. Y también estaba la vez en que la habían acusado de atarle un tacho de basura a la cola de un gato.

Todas esas veces, como castigo, había tenido que ordenar su cuarto y, encima de todo, no la habían dejado salir.

¿Qué importaba que todo fuera cierto? No se trataba de que las acusaciones fueran verdad o mentira, sino de que las viejas, principalmente doña Pola, dejaran de meterse en lo que no les importaba.

Ahora Mayte esperaba a Salva y a Javier y silbaba bajito una canción que había escuchado en la radio.

Minutos después Salvador salió de su casa y un poco más tarde, comiendo un enorme pan con dulce, apareció Javier.

—Bien, estamos prontos —dijo Mayte.

Pero Salva le explicó que todavía no podían empezar.

—Si están juntas no podemos hacer nada, vamos a tener que esperar que se cansen.

Los tres se sentaron en el cordón de la vereda y esperaron media hora, una hora, pero las señoras seguían dándole a la lengua.

—¿Nunca se cansan? —preguntó Javier.

—Parece que no, deben de tener una lengua atómica o algo así —comentó Mayte.

Los tres rieron y siguieron en sus posiciones de pescadores de viejas.

Hasta que vieron movimiento en el banco: doña Pola se levantaba y hacía un gesto a las otras dos.

—¡Viene para acá! —dijo Salva.

—No seas bobo, va para su casa —Mayte parecía muy segura.

—A lo mejor tiene que ir al baño —agregó Javier.

Esperaron. Doña Pola cruzó parte de la plaza y después la calle.

Salvador notó que ella había dejado su cartera en el banco: eso significaba que planeaba volver.

Esperaron que doña Pola entrara en su casa.

—¡Vamos!

No corrieron. Caminaron tranquilamente como si aquello fuera sólo un paseo. Movían los brazos y las cabezas para que pareciese que tenían una conversación importante y cuando estaban cerca del banco empezaron a hablar más fuerte.

—¿En serio doña Pola dijo eso? —preguntó Mayte llamando inmediatamente la atención de doña Concepción y la Nena.

Estaban a sólo dos metros del banco cuando Salva, como si no hubiese notado la presencia de las dos señoras, dijo:

—Sí, eso dijo de la Nena, pero peor fue lo que dijo de doña Concepción, resulta que... —mientras pasaban por delante de las dos, Salva siguió hablando cada vez más bajo.

—¿Viste las caras que pusieron? —preguntó Javier cuando ya estaban fuera de alcance.

—¡Sí! —Mayte estaba entusiasmada—. Se lo creyeron todo, ahora vamos de vuelta.

Volvieron a la acera, pero esta vez se sentaron justo frente a la casa de doña Pola. Seguro que ya no tardaría en salir.

Escucharon el ruido de la puerta y reanudaron la conversación.

—¡Te digo que es cierto, la Nena y doña Concepción se lo dijeron a todo el mundo! —casi gritó Mayte.

Doña Pola, caminando por detrás del trío, escuchó aquello y sintió una enorme curiosidad. ¿Qué habrían dicho sus amigas? ¿Sobre quién?

—¡No puedo creer que digan eso de doña Pola! —contestó Javier.

—¡Ella no puede ser así, seguro que es una mentira! —agregó Salvador.

Los tres, tratando de parecer sorprendidos, miraron hacia atrás y, al ver a doña Pola, bajaron la voz como si se sintieran avergonzados.

El plan estaba en marcha. Ahora sólo tenían que sentarse a ver los resultados.

Doña Pola cruzaba la plaza rápidamente y con cara de enojada. Más allá, en el banco, la Nena y doña Concepción la esperaban y tenían también esa clase de mirada.

Los niños no pudieron escuchar, pero no hacía mucha falta. Bastaba ver la figura de doña Pola, de pie frente a las otras dos moviendo sus brazos como hélices y apuntando con sus dedos.

La primera en pararse fue doña Concepción.

Ahora era ella la que movía los brazos y apuntaba sus dedos. Inmediatamente, empujada por un resorte invisible, la Nena también se paró.

Hablaban tan fuerte que incluso desde donde estaban, los niños podían escuchar algunas palabras tales como "menti-rosa", "chusma" y algunas peores que nadie imaginaría en boca de tres dulces ancianitas.

Y de pronto, doña Pola agarró su cartera y golpeó con ella a doña Concepción.

—¡Esto se está poniendo divertido! —rió Javier.

Pero a Mayte no le causaba la misma impresión. Una cosa era que discutieran, pero que se tomaran a carterazos le parecía demasiado.

La Nena, con la cabeza gacha, se alejaba del lugar y gritaba algo, mientras doña Pola y doña Concepción seguían discutiendo, aunque sin nuevos golpes.

Muchos curiosos las rodeaban ahora: señoras con bebés en los brazos, niños llenos de polvo, todos parecían querer enterarse.

Hasta que algo distinto ocurrió.

Salva vio que doña Concepción los señalaba a ellos.

Javier notó que también doña Pola apuntaba su dedo acusador hacia allí.

Mayte, al ver que las dos parecían haberse dado cuenta de todo, comenzó a preocuparse.

—Me parece que nos metimos en otro lío.

—Ajá —contestó Salva parándose al ver que las dos mujeres habían olvidado su pelea y caminaban ahora directamente hacia ellos.

—Me tengo que ir —dijo Javier.

—Yo también —agregó Mayte—, la maestra me mandó volver a leer lo del descubrimiento.

Los tres se separaron y corrieron a sus respectivas casas.

—¿Ya volviste? —preguntó sorprendida la madre de Mayte—. ¿No tenés más ganas de jugar?

—No, mamá, creo que prefiero estudiar.

La madre, extrañada, no supo qué decir.

Mayte entró rápidamente a su cuarto y, por las dudas, trancó la puerta.

¡Plam!

El golpe sonó muy fuerte en la puerta de calle. Tanto, que Mayte, tirada encima de su cama, pudo escucharlo claramente.

¡Plam! ¡Plam!

No hacía falta preguntarse quién golpeaba la puerta y cuando Mayte escuchó la voz de su madre, trató de adivinar lo que ocurría después.

Se equivocó.

Tal vez fuera por el aire primaveral —ese que cambia a las personas— o la hermosa luna que habían visto la noche anterior, pero las cosas no sucedieron como siempre.

Mayte, quien había abierto apenas su puerta, escuchó con asombro la conversación entre las dos mujeres.

—¡Le digo que fue ella! —doña Pola hablaba fuerte, su voz sonaba gruesa y amenazante.

—Mire, señora, creo que usted ya está bastante crecida como para andar siempre culpando a los niños.

Sí, era su madre la que hablaba y le decía a la Vieja Entrometida unas cuantas verdades.

—¡Dale, mamá! —pensó Mayte y siguió escuchando, convenciéndose de su propia inocencia.

Pudo imaginarlo todo. Ella, con las manos esposadas estaba sentada detrás de una mesa mientras su madre, de saco y corbata se levantaba y pedía la palabra.

—¡La defensa tiene la palabra! ¿Cómo se declara la acusada? —decía el juez con una peluca blanca que le llegaba hasta la cintura.

—La acusada se declara inocente, su señoría.

Al costado, en otra mesa, estaban doña Pola y la Nena.

—¡Protesto señoría! —decía doña Pola—. Basta con verle la cara a esa pequeña delincuente para darse cuenta de que es una malhechora, maleducada.

El juez se acomodaba la peluca y miraba a Mayte. Parecía que estuviera pensando en lo que acababa de decir doña Pola.

Mayte lo miraba y le sonreía dulcemente, casi como lo haría su prima Esther. El juez se ponía incómodo.

—¡Protesta rechazada ! —decía entonces—. Que pase el primer testigo.

Y doña Pola llamaba a doña Concepción.

La Vieja Entrometida Número Dos echaba las culpas de todo a Mayte, pero después, cuando su madre hacía las preguntas, las cosas cambiaban un poco.

—¿Y por qué fue tan fácil para ustedes pensar que las otras hablaban mal de ustedes? ¿Acaso no son amigas? ¿No será que ustedes siempre están hablando mal de todo el mundo? —su madre hacía preguntas dificilísimas.

Mayte estaba muy orgullosa, ahora sí que doña Pola recibiría su merecido.

—¡Que la acusada se ponga de pie! —decía el juez y luego miraba a un montón de niños que entraban en la sala.

—¿Y bien? ¿Qué es? ¿Inocente? ¿Culpable?

El jurado, integrado por Salvador, Javier y todos sus amigos, la declaraba inocente y todos aplaudían.

Después el juez condenaba a doña Pola y sus amigas a hablar bien de las personas durante un año y medio.

—¡Protesto, señoría, eso es humillante! —gritaban ellas golpeando la mesa con las carteras.

Ya segura de su inocencia, Mayte volvió a escuchar el diálogo entre su madre y doña Pola.

—¿No será que usted está siempre hablando mal de todo el mundo? —su madre había hablado igualito que cuando hacía de abogada en la mente de Mayte. ¿Sería una casualidad?

Doña Pola, muy ofendida, terminó por irse y Mayte corrió para tirarse sobre la cama y agarrar el libro. Su madre venía por el pasillo.

—¿Mayte? —llamó asomándose en el cuarto.

—¿Sí, mamá?

—¿Escuchaste? Estuvo Doña Pola.

—¿Ah sí? ¿Y que quería? —la voz de Mayte era tan suave, dulce, inocente, que daba asco.

La madre se sentó en el borde de la cama y la miró, luego estiró una mano y le acarició la cara.

—No te creas que no sé, aunque pongas cara de angelita, pero me parece que esta vez estuvieron bastante bien; quiero que me cuentes qué ocurrió.

Mayte le contó la verdad.

La madre escuchó con atención y cuando la historia terminó, miró a Mayte y sonrió.

—Estuvieron bien. La verdad es que ya estaba cansada de que viniera a cada rato a contarme cosas.

Mayte dejó el libro. Era esa sensación otra vez, el aire tibio que entraba por la ventana, esa cosa tan agradable que iba y venía como si tuviera ratones en la barriga.

Pensó que la primavera decididamente hace cosas extrañas en las personas. Por ejemplo, ahora soñaba despierta mucho más que antes y también notaba que desde que habían visto aquella luna, algo había cambiado en su madre.

—¿Puedo hacerte una pregunta?

—Sí, hija.

—¿Qué querías ser cuando eras chica?

La madre sonrió y suspiró. Se quedó un momento mirando la ventana.

—Yo soñaba con ser bailarina.

—¡Qué fantástico! ¿Y por qué no sos bailarina?

—Bueno, mis padres, tus abuelos, eran muy estrictos y no me dejaron, decían que ése era un ambiente malo para mí.

Mayte imaginó un gran escenario: arriba había unas hermosas luces rojas, blancas y verdes que pintaban el aire; sobre las tablas, una muchacha igual a su madre bailaba: llevada por un viento mágico, flotaba en el aire multicolor y en cada salto parecía ser levantada por alas invisibles.

—¿Y por qué decían que era un ambiente malo?

La madre no contestó, ella también imaginaba tener alas invisibles.

Pero Mayte, quien era muy lista, enseguida comprendió que a ella podría ocurrirle algo similar si no actuaba pronto.

—Mamá, ¿por qué no puedo jugar al fútbol?

—Porque es un ambiente ma... —la madre se detuvo. Acababa de darse cuenta de que, sin querer, había estado a punto de hablar igual a como lo habían hecho sus padres mucho, muchísimo tiempo atrás.

Se levantó, se acomodó el cabello, miró su reloj pulsera y después, como si un enorme planeta encendido le asomara en la cara, sonrió.

No, no era su sonrisa de siempre, era algo mucho más importante: una sonrisa que le brillaba en los ojos, le fruncía la nariz y le dibujaba en la boca una raya rarísima.

Mayte abrió los ojos bien grandes. Nunca la había visto sonreír de esa manera.

¿Sería por la primavera? ¿Sería la luna?

—¿Y quién dice que no podés jugar al fútbol? —preguntó de pronto la madre.

—Pero vos... y papá... —Mayte estaba tan sorprendida que no sabía qué decir.

—A tu padre dejámelo a mí —dijo la madre y salió del cuarto.

Mayte, con las cosquillas apareciéndole por todo el cuerpo, tuvo ganas de ponerse a saltar en la cama, ganas de abrir la ventana y tragarse todo el aire del mundo, para largarlo después en un largo grito.

—¡Gooooooool! ¡Gooooooool de Mayte!

Después recordó que al día siguiente debían encontrarse con el Gordo Enemigo para discutir el asunto del desafío y terminar de arreglar el gran partido.

Esa noche, soñó que la luna era una gigantesca pelota de fútbol.

El Gordo Enemigo se enamora

Miércoles.

Otra vez el patio de la escuela bajo el mismo sol y los mismos niños escondiéndose bajo la misma sombra.

Pero ahora el aire estaba más espeso, era fácil notarlo con sólo respirar.

Mayte, sentada en el piso, con la espalda recostada en la pared, conversaba con algunas amigas y esperaba que, de un momento a otro, llegaran Salva y Javier a traerle noticias.

Es que Salva y Javier habían quedado en hablar con el Gordo Enemigo para ponerse de acuerdo acerca del partido.

Mayte miró hacia el otro extremo del patio y los vio a todos juntos.

¿Por qué tardarían tanto?

Ella no había querido ir porque sabía que si empezaban a discutir, algo muy probable, enseguida se metería en problemas y, claro, no quería más problemas justo ahora que su madre se estaba portando tan bien.

¿Por qué tardarían tanto? Esto ya se lo había preguntado antes, pero se lo preguntaba de nuevo y como estaba aburrida de esperar decidió mirar el cielo.

A su lado Susana y Andrea, dos niñas que a veces se parecían a la prima Esther y a veces a Mayte, hablaban acerca de una película que habían visto en la tele. Pero Mayte, con la mirada fija en el cielo tan azul, casi no las escuchaba.

Había soñado algo tan, pero tan hermoso que se enojaba por no poder recordarlo con claridad.

Sabía que había sido hermoso porque al despertar se había sentido muy bien, casi feliz, pero lo único que lograba recordar era una imagen: la luna rodando por el cielo.

De pronto chistó y las otras dos niñas hicieron silencio.

—¡Miren! —dijo Mayte señalando hacia arriba.

Las niñas miraron.

—No veo nada —dijo Susana frunciendo la cara.

—Fíjate bien.

—Yo tampoco —dijo Andrea.

—Está allá, pasando la punta de aquel edificio ¿la ven?

—¿Ver qué?

—Es una nube.

Susana y Andrea se miraron entre sí. Era una nube. ¿Y con eso qué? Era lo más común del mundo.

—¡Bobas! No es una nube cualquiera, miren bien, ¿cuánto hace que no ven una nube así?

Las niñas miraron bien. La nube era gorda y grande y gris, muy panzona.

Pero seguían sin entender.

—Es una nube cualquiera —dijo Susana.

—Sí —agregó Andrea—. ¿Qué tiene de especial?

—Es una nube de tormenta —contestó Mayte—. ¿Cuánto hace que no llueve?

—¡Es cierto! —dijeron las dos al mismo tiempo parándose para ver mejor—. ¡Es cierto! —repitieron.

La nube, que parecía una nave espacial, flotaba encima de la ciudad y avanzaba lentamente.

Mayte trató de ver más lejos para darse cuenta de si había otras, pero los edificios la tapaban.

Susana y Andrea ya andaban por el patio contándolo a todos. Los llamaban por el nombre y señalaban el cielo.

Después cada niño llamó a otros y otros, hasta que casi todos se juntaron en el medio del patio.

Miraban la nube: un manchón de tinta gris que tapaba ahora una parte del cielo y seguía creciendo.

Mayte respiró hondo. Había olor a lluvia en el aire, ese olor casi dulce que al entrar en la nariz parece que la mojara.

Pero mientras casi todos los demás seguían allí, hipnotizados por la gran mancha gris, Mayte no pudo seguir mirando.

Era una lástima. Le habría gustado seguir observando cómo la nube engordaba y engordaba hasta reventar y largar gruesos chorros de agua sobre la tierra sedienta.

Era una lástima, pero tenía algo importante que atender. Allí, cruzando entre el grupo de niños, venían Javier y Salva.

—¿Y bien? —Mayte no podía esperar.

Salva y Javier se quedaron callados.

—¿Qué les pasa?

—Dicen que no juegan contra niñas.

—Pero si ellos mismos dijeron...

—Ya sabés cómo es el Gordo, un día dice una cosa y otro día dice otra.

—¡Gordo machista! —Mayte estaba furiosa. Justo ahora que su madre estaba convencida, justo ahora que iba a convencer a su padre...

—¿Adónde vas? —le gritaron Salva y Javier.

Mayte no los escuchó. Cruzaba el patio rápidamente, casi corriendo, hasta los dominios del Gordo Enemigo. Ninguna chica sola se metía nunca en esa esquina.

Susana y Andrea la vieron y avisaron a las otras niñas de la clase.

—¡Miren!

Mayte llegó al lugar, que no era sino un rincón del patio donde los varones se juntaban y ponían cara de importantes y malos, y se paró delante del Gordo.

—Dicen que ahora no querés jugar.

—Ya te dije, no juego contra mu-jer-ci-tas —el Gordo parecía enojado.

—Lo que pasa es que sos un miedo-so.

—¿Miedoso? ¡Ja, ja! —el Gordo rió y todos sus amigos rieron al mismo tiempo. Siempre hacían eso, no porque el gordo fuera gracioso, sino porque le tenían miedo.

Mayte, con las manos en la cintura, se paraba desafiante y no veía que por detrás se le acercaban Susana y Andrea y un grupo grande de niñas.

—Lo que pasa es que tenés miedo de perder.

—¿Ah sí? ¿Y quién nos va a hacer goles? ¿Vos?

El Gordo podía ver el grupo de niñas que se había acercado y ahora estaba poniéndose nervioso.

—Te hago una apuesta —dijo Mayte y todos hicieron silencio.

El Gordo la miró con curiosidad.

—Te apuesto a que si jugamos, yo les hago dos goles.

¡Dos goles! El Gordo, quien a pesar de ser el malo de la escuela, se creía también todo un galán, pensó que era una buena oportunidad para ganar algo más.

Después de todo, aunque fuera tan peleadora, Mayte era bastante linda.

—¿Y qué apostamos? —preguntó el Gordo con cara de astuto.

—Bueno, si hago dos goles, puedo entrar a formar parte del equipo para siempre.

El Gordo se rascó la nuca y después dijo algo que hizo que un gran murmullo se extendiera entre todas las niñas.

—Está bien, pero si no hacés dos goles, entonces tenés que ser mi novia.

El murmullo creció. Algunas niñas decían que Mayte estaba loca; ser novia del Gordo Enemigo Número Uno, ése sí que sería un castigo.

Mayte se había quedado muda por la sorpresa. Nunca se había imaginado algo así. ¿Acaso significaba que el Gordo gustaba de ella? Nunca lo habría imaginado.

¿Qué pasaría si perdía la apuesta? ¿Trataría el Gordo de darle un beso?

Mayte pensó en la charla que había tenido con su madre y, si iba a ser jugadora de fútbol, tenía que estar dispuesta a correr el riesgo. Levantó la cabeza, apretó más sus manos sobre la cintura, miró al Gordo a los ojos y después dijo casi gritando:

—¡Acepto!

El murmullo creció más y más, las niñas y los varones comentaron y rieron. Todos trataban de imaginarse la pareja que formarían el Gordo y Mayte. ¡Ésa sí que sería una noticia para el periódico de la escuela!

Salva y Javier no lo podían creer y, cuando sonó el timbre, ya nadie se acordaba de la nube gris que ahora era tan grande que cubría casi toda la ciudad.

—Vas a tener que jugar muy bien —le dijo Susana cuando Mayte se acomodaba en su banco.

—Sí, avisanos cuándo es el partido, ya nos pusimos todas de acuerdo para ir —dijo Andrea.

Pero la maestra estaba a punto de empezar la clase, y, además algún gracioso había escrito en el pizarrón:

"Mayte ama al Gordo".

A Mayte el asunto no le pareció muy cómico, pero tampoco le prestó demasiada atención. Su padre siempre decía que cuando se estaba en un baile, había que bailar.

¡Ya vería el Gordo fanfarrón el baile que ella le iba a dar!

esde el cielo llegaban sonidos fuertes como si algunos ángeles arrastraran muebles y rasparan el piso de las nubes.

Mayte, parada frente a su casa observaba el rápido movimiento de la mancha gris –que ya había terminado de pintar todo el horizonte– y aspiraba el aire húmedo, cada vez más húmedo. Salva se deslizaba por la calle en su *skate*, moviendo las caderas a uno y otro lado para intentar alcanzar olas imaginarias.

Javier, sentado en el cordón, masticaba otro de sus famosos panes con dulce y, con la boca llena de migas, intentaba comunicarle algo a su amigo.

—Paguese queg sef viegnef lag tog-mentaf —decía mientras de su boca salían pequeñas bolitas de pan.

Pero Mayte pensaba en otra cosa: en unas horas llegaría su padre y, finalmente, con la ayuda de su madre, tendría que pedirle permiso para jugar el partido.

La apuesta no era sólo hacer dos goles: sabía que si no podía jugar, igual tendría que convertirse en la novia del Gordo.

Ya se imaginaba las burlas de sus amigas en el patio de la escuela.

—¡Parecen un 10!

—¡Gordeo y Maylieta!

¡Puaj! No sólo tendría que aguantar todas las bromas, sino que de veras tendría que ser la novia del Gordo.

¡Ya vería ese galán panzón la patada que recibiría si intentaba darle un beso!

Mayte movió su pie en el aire y, sin querer, le pegó a Javier en la espalda.

—¡Uf! ¿Queg hagcef? ¿Taf locaf?

Mayte pidió perdón y le dijo que estaba practicando para el partido.

La tarde ya terminaba de irse. Ahora tendría que entrar en la casa, hacer sus deberes escolares, mirar los dibujos animados y después sentarse a esperar y a esperar.

A las ocho llegó su padre. Traía esa cara de Muy Cansado de siempre, pero también la saludó más alegremente que de costumbre.

—¿Viste? Se viene una gran tormenta —dijo.

Mayte dijo que sí.

—Es que ya me cayeron algunas gotas. ¿No te parece una suerte? Por fin se terminará la sequía.

—La verdad es que hacía mucha falta —agregó la madre.

Mayte pensó que lejos en el campo, las vacas bailarían de alegría.

Media hora después, justo en medio de la cena, escucharon algo que los hizo quedarse con los tenedores trancados en la boca.

Fue una explosión.

Algo así como un ¡crrrraaaac! que había hecho vibrar todos los vidrios de la ventana.

—Creo que fue un rayo —observó el padre levantándose de la mesa.

Mayte también se levantó, pero su madre le dijo que primero tenía que terminar lo que estaba en su plato.

Comió tan rápido que los cachetes se le inflaron y después salió, con la boca todavía llena, a la puerta.

Su padre, de pie en la vereda, señalaba el campanario de la iglesia.

—¡Cayó en la iglesia, en el pararrayos!

Mayte nunca había escuchado esa palabra y su padre tuvo que explicarle que se trata de una barra de metal terminada en punta que atrae los rayos para que no caigan en las casas.

—Un rayo es algo tan poderoso... —dijo el padre.

Mayte le agarró una mano. Las tormentas eléctricas le daban un poco de miedo y ahora que algunas nubes se prendían y apagaban como los letreros de las tiendas, su temor crecía.

—¡Mirá! —su padre señalaba un hueco entre las nubes.

Mayte miró y abrió la boca asombrada: eran una, dos, tres, veinte rayas de luz que cruzaban el espacio, aparecían y desaparecían en un segundo y se encendían otra vez, sin que se escuchara ningún sonido.

Las líneas de luz, torcidas como si fueran dibujadas por un niño de primer año, parecían formar puentes entre las nubes.

Y de pronto, como si un baterista gigante pegara en sus tambores, aparecieron los truenos, brrrmmm, brrrmmm, más y más fuertes cada vez. Después llegó un fogonazo blanco que iluminó por un segundo la plaza vacía y una de las líneas de luz, más gruesa que las otras, bajó desde una nube y estalló encima del campanario de la iglesia.

Inmediatamente, corriendo con atraso, llegó la nueva explosión, algo similar al sonido de una rama en el momento de partirse:

¡Crrrraaaaaac!

—¡Vamos para adentro! —pidió Mayte apretando fuerte la mano de su padre.

Éste la tranquilizó y le acarició la cabeza.

—Esto es un gran espectáculo que no se puede ver en la televisión —dijo y su cara parecía más tranquila. Ya no quedaban rastros de aquella otra cara que tenía puesta cada noche al regresar.

Mayte trató de insistir, pero ahora escuchaba cómo las primeras gotas de lluvia pegaban sobre la vereda seca, pac, pac, pac.

Sintió que algunas le caían en la cara y sacó la lengua para tratar de atraparlas.

El agua de lluvia tenía un gusto dulce y suave, un sabor a vacaciones.

Pero las vacaciones acuáticas tuvieron que terminar rápidamente: millones de hilos plateados, que podían verse por la luz de los focos, se descolgaron encima de ellos.

Fue tan sorpresivo, que apenas si tuvieron tiempo de correr hasta la puerta cuando ya estaban empapados de pies a cabeza.

La madre, riendo, los vio entrar y les alcanzó una toallas.

—¡Buena gripe se van a pescar ahora! —dijo.

—¡Estuvo buenísimo! —reía Mayte mientras se frotaba la cabeza con la toalla y sus cabellos le quedaban todos desordenados como el peinado de una bruja.

Más tarde, cuando la lluvia seguía limpiando la ciudad, Mayte y su padre se sentaron, pero esta vez no era para mirar la tele.

—Me dijo tu mamá que querías hablarme de algo.

Su padre, con la cabeza todavía mojada y un cómico peinado de raya al medio, la miraba. Había un brillo especial, una luz diminuta encendida en sus ojos.

Mayte supo que ésa era la oportunidad que había estado esperando. Se rascó la nariz y empezó a hablar.

os días siguientes pasaron rápidamente. Levantarse, ir a la escuela, atender en clase, discutir en el recreo con la pandilla del Gordo, todo era igual que de costumbre, excepto por una cosa: las prácticas del equipo.

La conversación con su padre había dado resultado, sobre todo la parte acerca de lo que ocurriría si no jugaba ni hacía dos goles.

Su padre, preocupado y divertido al mismo tiempo por la insólita apuesta, había sacudido la cabeza.

—Pero, Mayte, ¿cómo vas a apostar una cosa así? Entonces de verdad es muy importante para vos a menos que el Gordo te guste.

—¿Estás loco? ¡Es horriiiible! —había contestado ella poniendo cara de asco.

Eso había terminado por convencer a su padre del todo: no sólo la dejaría jugar, sino que él mismo le enseñaría algunas cosas.

Mayte estaba tan contenta que casi no pudo esperar al día siguiente para contárselo a Salva y a Javier en la escuela.

—¿En serio te va a enseñar? —Salva no podía creerlo.

—¿Y sabe algo? Tu padre tiene pinta de patadura —había dicho Javier.

Pero su padre, que tenía que trabajar, sólo podría ir a la última práctica que ya había quedado fijada para el sábado. Todavía faltaba un día entero para eso.

Ahora, cuando ya era viernes y el cielo estaba despejado otra vez, Mayte hacía unos dibujos en una hoja de papel y ponía cara de estar escuchando lo que decía la maestra.

Era una clase acerca del espacio, los planetas y todas esas cosas, pero a Mayte, pese a que seguía poniendo su cara de mucha atención, el motivo de la clase le servía para imaginarse mucho más cosas.

La tormenta, aquella batalla de luces, nubes y sonidos, todavía se le aparecía en la mente. Y, claro, también recordaba la bonita luna de los días anteriores.

Todo eso, sumado a lo que decía la maestra, se le mezclaba en los pensamientos y ahora ella se imaginaba que era una astronauta.

Lejos, muy lejos de la escuela y del mismísimo planeta Tierra, Mayte flotaba en el espacio. Estaba dentro de un ridículo traje plateado, flotando alrededor de una extraña nave con forma de cigarro.

Más allá, millones y millones de puntos de luz comenzaban a cambiar de lugar hasta que terminaban por dibujar una cancha de fútbol.

Mayte y otros astronautas que salían de la nave se dejaban ir y caían suavemente hacia esa cancha en la que ya se encontraban los rivales.

El Gordo Enemigo, mucho más grande dentro de un traje color naranja, tropezaba y caía tan despacio que parecía que nunca llegaría al piso.

Después rebotaba ¡boing! y volvía a quedar frente al balón.

Masticando una tableta de chocolate espacial, Mayte se colocaba también en su posición y cuando sonaba un potente trueno, el Gordo pateaba la pelota.

Mayte corría por la nada y con su pie derecho lograba detenerla, pero cuando la iba a patear notaba que no era un balón común, sino algo redondo y blanco, muy blanco, que tenía raros agujeros y abolladuras.

—¡Un momento! —dijo—. No podemos seguir jugando.

Todos trataban de frenar de golpe, pero caían lentamente sobre la cancha y rebotaban hasta quedar de pie otra vez.

—¿Por qué no? —preguntaba el Gordo apoyándose en Saturno.

—Porque no puedo patear la luna —contestaba Mayte.

—¿Ah no? ¿Y qué tiene de malo? —preguntaban todos los niños.

—Sí —intervenía Javier—. La luna es redonda ¿no?

—Pero esta luna, es la luna de mi mamá —protestaba Mayte recordando la sonrisa con que su madre la había mirado.

—¡Mentiras! —decían todos—. ¡La luna no es de nadie!

Entonces, enojada, Mayte le daba a la luna una patada muy fuerte y todos corrían intentando alcanzarla.

Pero la patada, con esas botas metálicas que se usan en el espacio, la había pinchado y ahora la luna, largando chorros de aire, fsss, fsss, se alejaba hacia arriba, hacia abajo, volando igual que un pájaro ciego, hasta quedar tirada allí, sobre una línea de estrellas, totalmente desinflada.

—Saturno... —había dicho la maestra que, por supuesto, continuaba su clase en el muy terrestre salón.

Mayte, de regreso a la realidad, sintió un poco de temor. ¿Qué pasaría si esa noche miraba el cielo y descubría una luna deformada y sin aire?

¿Le echarían la culpa a ella?

Anotó la palabra Saturno en su cuaderno y pensó que no tendría problemas: en el espacio no había viejas entrometidas para delatarla.

La clase terminó y todos ordenaron sus cosas esperando que sonara el timbre de salida. Cuando esto ocurrió, tuvieron que salir al patio y formarse en fila.

Mayte, aunque no era alta, se había distraído al ver pasar un avión y había quedado en la fila justo al lado de la clase del Gordo y, por supuesto, también al lado de su enemigo Número Uno.

—Ya falta poco —dijo el Gordo sonriendo y le pasó un papelito doblado; y agregó poniéndose colorado como si sintiera mucha vergüenza, mientras algunas gotas de sudor le caían por la frente:

—Si le contás a alguien, te reviento.

Era la primera vez que Mayte lo veía sonreír o ponerse colorado y le pareció estar viendo a otra persona.

Tuvo que mirarlo de nuevo para estar segura: sí, era la misma cara redonda, las mismas pecas y el pelo castaño cayéndole sobre la frente.

Todo era igual, excepto la sonrisa.

¿Por qué le sonreía así?

¿Por qué le daría vergüenza?

¿Qué diría el papel?

Mayte estaba segura de que el Gordo tramaba algo, pero guardó el papel en su bolsillo y esperó hasta salir a la calle para leerlo.

¡No podía creerlo!

¡El señor Gordo Enemigo en persona le había escrito algo que parecía un poema!

Mayte lo leyó una y otra vez. No entendía mucho de poemas, porque los que les hacían leer en la escuela eran aburridísimos y, además el redondo poeta había usado palabras como "cavelios", y "zonrisa".

—¡Qué animal! —exclamó Mayte al leer una parte que mencionaba "tus vellos hojos".

Pero muy en el fondo, sintió algo raro, cosquillas o aquella cosa corriéndole otra vez por el estómago.

Sin duda la culpa de todo la tenía la primavera y la luna de su madre que hoy, sin querer, había desinflado en el espacio.

También sucedía que nunca antes le habían escrito un poema.

A lo mejor era eso, o todas esas cosas juntas y, además, el cambio que había tenido su padre.

Llegó a su casa y entró corriendo. Tiró sus cosas encima de la mesa y siguió de largo, frenando sólo para darle un beso a su madre. Se metió en su cuarto y cerró la puerta.

Tomó el poema otra vez y lo volvió a leer pensando que el domingo todo ese asunto quedaría resuelto.

Claro que primero tendría que aprender algunas jugadas y para eso contaba con su padre en la gran práctica del sábado.

Guardó el poema en un cajón y miró alrededor repasando las fotos de todos esos jugadores y las de los galanes del cine.

—¡El Gordo poeta! —pensó Mayte riendo pero no tanto.

Después se puso a pensar qué sucedería si no lograba hacer los dos goles de la apuesta.

*S*ábado.

El sol era una bengala inmóvil. El calor, otra vez pegajoso, se adhería a la ropa de los niños que corrían y saltaban en la callecita al costado de la plaza.

Era la gran práctica del sábado. La última oportunidad para poner a punto el equipo, planificar jugadas y dejar todo listo para que el domingo se viviera una verdadera fiesta.

Mayte, con las manos en la cintura, como había visto que hacían los grandes jugadores, esperaba que Salva le pasara la pelota. Salva corrió unos metros y tiró alto. Mayte calculó mal y en lugar de pegarle con el pie, terminó por recibir un pelotazo en la cara.

—¿Te duele? —preguntó Salva disculpándose.

La verdad es que dolía. Mayte sentía que la cara se le había puesto rojísima, pero dijo que no.

En el costado de la calle, avisándoles cuando doblaba un automóvil o dando indicaciones, estaba su padre.

—¿Estás bien? —le preguntó acercándose.

Después, como si fuera un gran maestro, el padre comenzó a darle grandes sugerencias:

—No le pegues con la punta del pie, tenés que darle así, ¿lo ves? —y pateaba.

—Si viene por arriba, tenés que tratar de pegarle con la frente —tiraba la pelota para arriba y le pegaba con la frente.

—Cuando tengas que marcar al contrario, siempre mirá el balón y ponétele adelante, así —y el papá se ponía adelante mirando el balón, así.

Mayte, que cuando había jugado sólo corría para donde lo hacían los otros y trataba de patear como pudiera, se maravillaba al descubrir que algo que parecía tan fácil tuviera tantos secretos.

Después practicaron algunas jugadas que, por secretas, es mejor no relatar y, por último tuvieron una agotadora sesión de tiros al arco, en la que el padre de Mayte hizo las veces de guardameta.

—No, Mayte, tratá de pegarle abajo y a una de las puntas, así es más difícil de agarrar —indicaba el padre al que Salva, Javier y los otros estaban matando a goles.

Pero por más que lo intentara, a Mayte los disparos siempre le salían igual: derechitos al medio del arco, donde era facilísimo atajarlos.

—¡Dale fuerte! —le gritaba Salva—. ¡Pensá en el Gordo!

A lo mejor ése era el problema. Mayte pensaba en el Gordo y trataba de juntar todas sus fuerzas para tirar bien, pero no podía.

¿Sería que ya no estaba tan segura de poder ganar? Recordó el desastroso poema que le hizo pensar en los teleteatros.

"¡Oh, Mayte, amor mío!

¡Tus vellos hojos!"

¡Puaj!

Era como esa música que pasan en los supermercados, esa cosa suave suave, superdulzona, que chorrea desde los parlantes mientras la gente empuja los carritos y compra comida para perros.

Y no era sólo eso. Si quería llegar a ser una gran jugadora, tenía que hacer dos goles y ganar, aunque los adultos siempre dijeran cosas bobas como:

"Lo importante es competir".

Mayte se imaginaba al público de un gran equipo de primera división que perdía la final.

"No importa, lo importante es competir", gritaba el público y los jugadores perdedores sonreían. Todos sabían que eso no era cierto.

Trató de imaginarse entonces un partido así, en el que la gente no gritara malas palabras y dijera a sus jugadores cosas como: ¡adelante, nobles defensores!

Ella sabía que en la vida real las cosas eran bien diferentes.

Una vez su padre la había llevado al estadio. Todos allí parecían acordarse de la familia del árbitro a cada rato.

Nadie parecía creer que lo importante fuera competir, sino ganar.

Más tarde, sintiéndose muy cansados de correr y patear, todos se juntaron para decidir una cuestión fundamental: el nombre del equipo.

Alguien sugirió ponerle Los Piratas Fútbol Club, pero a Mayte no le gustó. Se imaginó un equipo en el que los delanteros tenían patas de palo.

Javier propuso llamarlo Los Gladiadores, porque había visto una de romanos en la televisión. Otra vez dijo Mayte que no. Sería difícil jugar con armadura y espadas, y además, no iban a jugar contra leones.

Salva votó por Los Cometas y alguien, un niño bajito y muy flaco que era el más callado de todos tuvo una idea muy original: ponerle el nombre de la calle.

A nadie le gustó esa idea. ¿A quién se le podía ocurrir ponerle a un equipo de fútbol General Hermenegildo Gómez?

Mayte pensó en todos sus amigos corriendo dentro de ridículos uniformes verdes.

La discusión seguía. Sentados en el cordón de la vereda, continuaban proponiendo nombres como Los Invencibles, Saeta o El Rayo Destructor. Mayte decía de ponerle La Luna, pero a los otros no les parecía buena idea.

Hasta que al final Salva, después de pensarlo un momento, dijo:

—Tiene que ser algo que tenga que ver con nosotros, ¿qué tal si le ponemos Diente de Leche?

Quien más quien menos, a todos les faltaba todavía cambiar algún diente. La idea fue aprobada por mayoría, ya que Mayte —otra vez— se opuso al imaginarse un montón de dientes corriendo por ahí.

Pero para la noche, después de bañarse y cenar, ya estaba convencida. Tal vez fuera un nombre cómico, pero había empezado a gustarle, y, después de todo, habían resuelto jugar con camisetas blancas como dientes, pues era el único color que todos tenían.

¿Cómo se llamaría el otro equipo?

Mayte pensó que eso seguramente lo decidiría el Gordo.

Para estar a tono con su estilo, le pondría un nombre como Los Malvados o Los Rompepiernas, algo así, para tratar de asustarlos.

Esa noche estaba tan nerviosa que le costó muchísimo dormirse. Trataba de acordarse de los consejos de su padre, y, más que nada, le preocupaban los tiros de penal, esos que siempre le salían al medio del arco.

—Bajo y a las puntas —se decía una y otra vez —. Bajo y a las puntas, bajo y a las...

Se durmió y, una vez más, soñó que tenía un traje de astronauta y que pinchaba la luna de una patada.

Temprano, casi junto con el sol, ya estaba levantada, con la camiseta puesta.

Su madre le había dibujado con marcador negro un enorme y bonito número nueve atrás, pues todos habían acordado que si tenía que hacer dos goles, lo mejor era que jugara como centrodelantera.

Se puso el pantalón corto, las medias blancas, los zapatos y miró el reloj.

Todavía faltaban dos horas para el partido. Dos horas tan largas que Mayte creyó que su reloj tenía tortugas en lugar de agujas.

Pero entre el desayuno y los nuevos consejos de su padre –medio dormido ya que los domingos solía quedarse hasta más tarde en la cama– el tiempo terminó por pasar.

Entonces los tres caminaron hasta el club, uno de esos lugares no muy grandes que tienen como sede una casa antigua y una cancha detrás.

—¡Mayte!

Escuchó voces conocidas, pero estaba tan nerviosa que no pudo distinguir quiénes eran los que gritaban.

—¡May-te! ¡May-te!

Vio un cartel de tela en el que se leía: ¡Diente de Leche F.C.! y al costado un grupo grande de niños y niñas, todos de su escuela.

Eran sus compañeros quienes, comandados por Susana y Andrea, ensayaban cantos y descubrían que era bastante difícil hacer rimar Diente de Leche con algo.

—¡Y dale, y dale el Diente dale!

Era gracioso y bastante desafinado, pero a Mayte le parecía lo más maravilloso del mundo.

Su padre le dio las últimas recomendaciones y después fue a sentarse con su madre en unos bancos de madera que habían traído algunos vecinos.

Mayte caminó despacio, muy despacio, hasta donde su equipo ensayaba tiros al arco.

Del otro lado de la cancha, con camisetas rojas, practicaban Los Guerreros y Mayte podía escuchar que el Gordo decía:

—¡A éstos los vamos a reventar!

Eso no era muy poético que digamos.

Mayte se reunió con los suyos y practicó hasta que finalmente el árbitro, el señor Romualdo a quien todos compraban el pan por las mañanas, llamó a los capitanes al centro de la cancha.

Salva y Javier, para tratar de impresionar más a los contrarios, resolvieron designar a Mayte como capitana.

Ésta se acercó al medio de la cancha donde ya se encontraba el Gordo.

—¡Hola! —dijo el gordo haciéndose el simpático y después bajando la voz preguntó:

— ¿Te gustó el poema?

Mayte no sabía qué decir. Ahora resultaba que el Gordo no le parecía ni tan gordo, ni tan malo, ni tan feo.

—Tiene muchas faltas —susurró Mayte para que el señor Romualdo, que estaba al lado, no escuchara.

—Ah —dijo el Gordo sin saber si eso quería decir que le había gustado o que no.

—Pero voy a hacer dos goles —le recordó Mayte hablando más fuerte.

El Gordo pareció desilusionado y volvió a ser como antes.

—¡Ja! ¡Ustedes no le ganan a nadie!
—rió.

El señor Romualdo miró su reloj, les dijo que ya era la hora y tocó su silbato.

A los costados de la cancha los niños de la escuela tiraron papel picado y empezaron a cantar.

—¡Y dale y dale y dale, Diente, dale!

Los del otro lado, que apoyaban a Los Guerreros, también gritaban cosas muy originales como ¡dale campeón, dale campeón!

El gran partido había comenzado.

Los Guerreros vs. Diente de Leche

*E*n medio del público, formado mayormente por vecinos y escolares, el padre de Mayte se comía las uñas.

Las cosas no iban nada bien para el Diente de Leche Fútbol Club pues el rival, que tenía jugadores más grandes y, por supuesto pesados, parecía tener siempre el dominio del juego y atacaba una y otra vez.

Susana y Andrea habían logrado que mucha gente se uniera a sus cánticos en los primeros minutos, pero a medida que pasaba el tiempo más y más personas se quedaban calladas y seguían con atención las jugadas.

Una vez un delantero de Los Guerreros logró escapar de la marca de Salva pero, por suerte, su tiro se estrelló en uno de los postes.

El padre de Mayte se agarró la cabeza.

Otra vez un jugador de Los Guerreros fue amonestado por el señor Romualdo por pegarle una patada a Javier.

Cuando unos y otros agitaban las banderas hechas a mano y trataban de alentar a sus equipos, ocurrió lo inesperado: gol de Los Guerreros.

¿Cómo era posible? Justo en ese momento el partido se había puesto más parejo y hasta Mayte había logrado pegarle un par de veces a la pelota, aunque sin mucha suerte.

El gol había llegado por una jugada de un flaco altísimo y rubio que había corrido casi media cancha esquivando a uno y otro marcador hasta pegarle tan fuerte a la pelota que el pobre Javier, aunque voló al mejor estilo Superman, no lo pudo evitar.

Los gritos de la tribuna de Los Guerreros no se hicieron esperar. Allí todo era alegría y saltos y papel picado volando por el aire como un ejército de polillas.

Enfrente todo era silencio. El papá de Mayte miraba su reloj y seguía comiéndose las uñas; Susana, Andrea y los otros no sabían qué hacer. El tiempo, en la pulsera del señor Romualdo, avanzaba rápidamente, tic-tac, tic-tac.

Mayte corría. Realmente se esforzaba en marcar a los contrarios. Pero algunas veces el flaco altísimo le pegó codazos y otras un pelirrojo sin dientes que jugaba atrás le había tirado del pelo.

El señor Romualdo, quien seguramente era corto de vista, no hacía caso de las protestas de Mayte, ni de los gritos cada vez más fuertes de su padre que llegaban desde el costado de la cancha.

El Gordo, que jugaba de guardameta, se reía y cada vez que Mayte andaba cerca del arco le recordaba la apuesta.

—¡Dos goles! —repetía—. Vas a ser mi novia— agregaba.

Mayte, enojada, le mostraba la lengua y comenzaba a preocuparse cada vez más.

Sin embargo, en una mágica jugada de Salva, ocurrió el milagro.

Salvador había recibido un pase de Javier y, como si todavía tuviera el *skate* pegado a los pies, había avanzado haciendo eses por el costado de la cancha.

Primero, haciendo un amague, había dejado sentado en el piso al flaco altísimo y después el pelirrojo sin dientes había seguido de largo hasta chocarse con una viejita que tejía al costado de la cancha.

—¡Tirá! —le gritaba Mayte parándose en medios del área enemiga—. ¡Tirá!

Salvador tiró.

Pero su disparo, en lugar de ir al arco, salió fuerte y derecho hacia el lugar donde estaba Mayte.

¿Qué hacer? La pelota venía derecho a ella. ¡Y tan fuerte!

Mayte, que al parecer no era muy buena para calcular distancias, se agachó para esquivar el tiro, pero lo hizo de tal forma que terminó, sin querer, pegándole a la pelota con la frente.

La tribuna de Los Guerreros enmudeció: la pelota picó violentamente en el suelo y luego le pasó justo por arriba al Gordo.

Era el gol del empate.

Mayte no lo podía creer. Saltó, gritó y corrió a abrazar a Salva y después a su padre quien, parado encima de su banco, levantaba los puños al aire y le decía a todo el que quisiera escucharlo: "¡Ésa es mi nena!".

El señor Romualdo dio la orden para reanudar el juego. Ahora el entusiasmo estaba en la tribuna del Diente de Leche.

—¡Y dale y dale, Mayte, dale!

—¡El Diente no se rinde!

Susana y Andrea, como dos bailarinas de ballet, hacían cómicos pasos en el borde de la cancha mientras los demás compañeros de Mayte sacudían la gloriosa bandera blanca.

El señor Romualdo miró su reloj y terminó el primer tiempo.

LOS GUERREROS 1 — DIENTE DE LECHE 1, informaba un pizarrón que habían colocado a modo de tablero.

Los jugadores salieron de la cancha y se tiraron sobre el pasto. Hacía mucho calor, demasiado, y se sentían supercansados.

—Muy bien, muy bien —aprobaba el padre de Mayte dándole palmadas en la espalda.

—Esto está difícil —decía Salva secándose con una toalla vieja.

Mayte no pensaba lo mismo. Se sentía maravillosamente. Había anotado un gol. ¡Había anotado un gol de cabeza! Eso era increíble. Ya imaginaba su nombre en todos los diarios, su foto en las revistas de deportes.

Claro que no diría nada acerca de que lo había logrado un poco de casualidad: lo importante es que ella había estado en el lugar exacto en el momento justo.

Su padre, quien parecía más entusiasmado que los mismísimos jugadores, seguía dándole consejos:

—Acordate, Mayte, abajo y a las puntas.

—Sí, papá.

El sol calentaba cada vez más. El pasto, después del descanso que le había dado la tormenta, comenzaba a ponerse amarillo otra vez.

El señor Romualdo caminó hasta el centro del terreno levantando nubecitas de polvo con los zapatos negros acordonados que usaba los días de fiesta.

Mayte se secó el sudor, respiró hondo y volvió a entrar en la cancha junto a sus compañeros.

Los cachetes del señor Romualdo se inflaron y su silbato hizo comenzar el segundo tiempo.

Corridas, tiros, salidas del terreno, algún codazo, gritos cada vez más fuertes en ambas tribunas, el partido era disputado con el entusiasmo de una verdadera final, como esas que Mayte había visto en la televisión.

Pero a veces un exceso de entusiasmo y esfuerzo hace que las personas hagan cosas que no deben.

Mayte, cansada de que el flaco altísimo le diera codazos, esperó una oportunidad y cuando éste le quitó el balón y empezó a correr hacia el arco de Javier, vio que, por fin, el momento había llegado.

Parecía un leopardo, puf, puf, persiguiendo su presa, hasta que logró darle alcance. Después, como un guerrero de esas películas de karatecas, se tiró hacia adelante con las dos piernas bien estiradas y le enganchó los pies.

El flaco tropezó, parecía una garza a punto de aterrizar, dio un paso, se tambaleó y cayó de cara dibujando con su nariz una larga raya en el suelo.

La tribuna de Los Guerreros se paró en sus asientos reclamando la expulsión.

—¡Afuera! ¡Afuera! —gritaban.

Mayte se levantó y se sacudió la camiseta para quitarse el polvo, pero cuando vio que el señor Romualdo corría enojado hacia ella, puso su mejor cara de angelita y hablando suavemente, como su prima Esther a la hora del té, dijo :

—¡Ay, señor Romualdo! Creo que tropecé con una piedra, no fue nada serio ¿verdad?

Mayte pestañeó un par de veces y bajó la mirada. Realmente parecía muy, muy avergonzada.

El señor Romualdo, confundido, le dijo que estaba bien, pero le recomendó que tuviera cuidado.

—Podés llegar a lastimarte, Mayte —dijo amablemente.

Claro que el flaco no quedó nada conforme, aunque también se confundió por el tono de voz de Mayte. Pero cuando se le acercó un poco ella lo miró, esperó a que el señor Romualdo se alejara, y le dijo en voz baja :

—Eso es para que aprendas a no pegar codazos.

El partido siguió.

Los Guerreros parecían jugar mejor, pero no tenían buena puntería, tres veces anduvieron cerca de anotar, pero una vez Javier y otras dos veces los postes impidieron que se pusieran en ventaja.

Pero allá, cuidando su meta como si fuera un castillo, el Gordo seguía riéndose: el tiempo pasaba y si Mayte no hacía otro gol...

Faltaban apenas cinco minutos y nada. Después faltaban cuatro y pese a los intentos de Salva, el pelirrojo sin dientes siempre lograba quitarle la pelota a tiempo.

Ahora faltaban tres minutos. Mayte había recibido un pase y corría derecho al arco, rápido, muy rápido, muy ra... Se cayó al tropezar en un pequeño pozo.

Dos minutos. El papá miraba su reloj, Susana y Andrea estaban roncas de tanto gritar.

¿Tendría Mayte que convertirse en la novia de un Gordo que escribía malos poemas?

Las banderas se agitaban. Parecían las velas de los barcos piratas en medio de una tormenta. El sol seguía haciendo sudar a los jugadores.

Un minuto.

El Gordo se frotaba las manos, aunque enseguida tuvo que frotarse los ojos pues creyó estar viendo un espejismo.

Mayte le había robado el balón al flaco y ahora se venía sola hacia el arco. Parecía un toro en embestida, los ojos fijos en el Gordo, los labios apretados y sus brazos, puf, puf, moviéndose como si trataran de nadar en el aire.

Detrás de ella venía el pelirrojo. La cara chorreada de sudor, los ojos pequeños y sus piernas cortas que parecían las ruedas de una bicicleta.

Mayte entró en el área. Iba a patear. En la tribuna todos se pusieron de pie.

Iba a patear. Iba a patear, pero justo en ese momento el pelirrojo se tiró desde atrás y la hizo caer.

—¡Penal!

El grito de la tribuna del Diente de Leche sonó como un trueno.

—¡Penal!

El señor Romualdo había sonado su silbato indicando la falta.

Ya era la hora del final del partido, la última oportunidad.

Salva era muy bueno pateando penales y estaba seguro de poder hacerlo para ganar el partido, pero también estaba el asunto de la apuesta de Mayte.

Los dos se reunieron frente a la pelota.

—¿Qué querés hacer? —preguntó Salva—. ¿Te animás a tirarlo?

"Abajo y a las puntas, abajo y a las puntas", Mayte pensaba en las recomendaciones de su padre.

En la valla el Gordo ya no reía. Parecía muy preocupado. Prefería que lo tirara Salva porque, aunque perdieran el partido, él ganaría la apuesta y además, si lo tiraba Mayte y lo hacía, no sólo estaba la cuestión de que no sería su novia, sino que en la escuela todos se burlarían de él.

"¡Una chica te ganó!", ya podía imaginarse los comentarios.

Mayte no sabía qué hacer. Primero miró el cielo y pestañeó un par de veces. Estaba tan cansada, hacía tanto calor que sentía como si hubieran encendido un fuego dentro suyo.

Después miró hacia la tribuna y vio a su padre, sonriente y preocupado a la vez y también a su madre, la que había querido ser bailarina.

Ella parecía más tranquila. Estaba simplemente allí, sentada y sonriente, y su sonrisa parecía la respuesta a todo: transmitía confianza y serenidad.

Eso era todo lo que Mayte necesitaba.

Se puso las manos en la cintura y movió la cabeza hacia atrás para acomodarse el cabello.

—Lo tiro yo —dijo Mayte colocándose en posición.

Salva se alejó unos pasos.

Si en ese momento alguien hubiera pasado por fuera del club, jamás lograría enterarse de que allí dentro se jugaba una gran final, pues no se escuchaba ningún sonido.

El silencio, el sol, todo parecía congelado.

El señor Romualdo se llevó el silbato a la boca. Mayte miró al Gordo a los ojos.

El señor Romualdo hizo sonar el silbato.

Mayte tomó carrera y avanzó. Un paso, dos, tres...

"Abajo y a la punta".

El público aguantó la respiración: una cosa redonda y blanca como la luna salió disparada desde el pie derecho de Mayte hacia el arco.

El Gordo, en una escena que parecía en cámara lenta, tomó impulso, se estiró y estiró, alargó sus brazos más y más hasta caer levantando una enorme nube de polvo. Y después la explosión:

—¡Gooooool!

Un grito que desataba los nudos de las gargantas.

—¡Gooooool!

Los abrazos de Susana y Andrea, el salto en el aire del papá y la sonrisa enorme de su madre.

Mayte corría por toda la cancha con los brazos abiertos y estirados en forma de alas de avión.

Atrás, como una banda de enanos saltarines, la seguían todos los Dientes de Leche.

El partido había terminado:

DIENTES DE LECHE 2 — LOS GUERREROS 1.

Después vinieron los abrazos, los besos de papá y mamá, el sacudir de la bandera, el canto de ¡dale campeón, dale campeón! y los planes de Susana y Andrea para formar un equipo femenino de fútbol y hacer un campeonato en la escuela.

Pero cuando todo eso pasó y Mayte tenía todavía los ojos llenos de chispas, alguien dijo su nombre.

De pie, con la cabeza gacha, el Gordo Derrotado la llamaba.

Mayte dejó por un momento los festejos y se le acercó.

—Te felicito —dijo el Gordo con la cara roja.

—¡Gracias! Te dije que podía.

—Ajá...

Los dos se miraron sin saber qué decir.

—¿Y si escribo poemas sin faltas? —preguntó finalmente el Gordo como si le costara un enorme esfuerzo.

Mayte sonrió.

Después de todo nadie que escribiera poemas podía ser tan malo.

—A lo mejor... —contestó y se alejó corriendo para seguir festejando.

Impreso y encuadernado en ZONALIBRO
Gral. Palleja 2478 - Tel. 208 78 19 - E-mail: zonalibro@adinet.com.uy
Dep. Legal Nº 343.761 / 07 Edición amparada en el decreto 218/996 (Comisión del Papel)
Noviembre de 2007